BBN
B-BOY NOVELS

アルファ王子の愛玩

～オメガバース・ハーレム～

鈴木あみ
イラスト／みずかねりょう

この物語はフィクションであり、実際の人物・団体・事件等とは、一切関係ありません。

CONTENTS

アルファ王子の愛玩 ～オメガバース・ハーレム～

「今日から、あの御方《おかた》のお世話をするように」

父にそう命じられたのは、マシュアルがまだ十代半ばの頃のことだった。

それまで父とは、まともに会話をしたことさえあまりなかった。

母は父の正式な妻ではなく、父にはほかにも何人もの女性や子供がいて、母もマシュアルもほとんど忘れられたような存在だったのだ。

「……あの御方？」

「塔《とう》の御方だ」

眉間《みけん》に皺《しわ》を寄せ、父は言った。

父は、オルタナビア王立監獄の監獄長をしていた。主に犯罪を犯した王族や貴族、政治犯などが収監される特殊な監獄だ。塔、というのはその監獄の通称だった。

塔の御方というのも、投獄されている囚人のことだろう。もともと身分のある——あった人しかいない牢だが、呼びかたからして、中でも特別な人なのだとわかる。

その想像は当たっていた。

「反逆罪で投獄されている元王子——ヤーレフ様だ」

「王子様……」

マシュアルは無意識に黒い目を見開き、瞬いた。王族など、これまであまりにも遠い存在だったからだ。

「元王子だ。反逆罪で投獄されて以来、身分は剝奪されているからな」

「あの……そんな高貴な人のお世話を……何故俺が？」

監獄には、既に十分な数の正規の獄吏や召使いが勤めているだろうに。

「……まったく、私の息子たちの中で一番年若いというそんなことが、役に立つことがあろうとは……」

「……え？」

「行けばわかる。……いいか、マシュアル」

と、父は言った。

「失礼があってはならぬ。不足なく勤め、しかし打ち解けてはならぬ」

「……はい」

父は終始不機嫌で、言葉は少なかった。それだけ厄介な話だということなのだろう。

マシュアルはそれ以上聞けなかった。どちらにしても、父の命令を拒否できるはずもなかった。

王子様——元王子様について、父に何も聞けなかったぶん、あとで母に聞いてみた。

「とても綺麗《きれい》な王子様だったわよ。私が見たのは、まだ殿下《でんか》が少年だった頃のことだけど」

と、母は言った。実際に街にいるのを見かけたことがあったらしい。

「孔雀宮《カスル・ターウース》の華と称えられるユーディウ殿下の同母の兄上だから当然かもしれないけど、豊かな金髪に蒼《あお》い目で、笑顔が素敵だったわ。庶民にもやさしくて、気さくに声をかけてくださって……。ユーディウ殿下も気さくだけど、ヤーレフ殿下はもっと、みんなと一緒になって遊ぶような感じだったの。若かったせいもあったのかもしれないわね」

いつまでも少女のような母の回想を聞きながら、マシュアルも夢見がちに想像する。

（素敵な王子……いや、元王子様か……）

実際にどういう男かを知ったのは、父に塔へと連れていかれてからのことだ。

聳《そび》え立つオルタナビア王立監獄の石の階段を昇って昇って——ヤーレフの独房は、最上階にあった。

父が鉄格子の嵌《は》まった重い木の扉を開ける。

牢獄としてはずいぶん広く、マシュアルの家よりずっと良い調度が揃《そろ》えられた部屋だった。重厚な絨《じゅう》毯《たん》とその奥にソファ、茶道具の載った小卓、天蓋のある大きな寝台――そしてその寝台に、元王子がいた。女と。

「……っ……」

マシュアルは絶句した。

女は顔こそ頭布で隠しているものの、服ははだけ、胸がほとんどあらわになっていた。衣装からして、今日までの世話係だろうか。

ヤーレフ元王子はその女の腰を抱いていた。

「退出せよ……！　二度と塔の敷地を跨《また》ぐな！」

父が怒鳴る。女は慌てて衣を直し、独房を飛び出していった。

その顛末《てんまつ》を、ヤーレフはただ喜劇でも眺めるような表情で見ていた。

「……新しい世話係を連れて参りました」

父は咳払《せきばら》いをして、言った。

「へえ？　子供とはね？」

ヤーレフは片肘をついて寝そべったまま、唇で笑った。

その言いぐさが、マシュアルには不満だった。自分ではもう一人前に仕事が出来る、大人のつもりだったからだ。たしかに発育が遅くて、年齢より幼く見えたかもしれないけれど。

「思ったより信用されてるんだな。まあたしかに、俺の好みは妖艶な美人だけど」

ここへきて、ようやくマシュアルは理解する。

この男が次々に世話係の女性に手をつけてしまうから、少年の自分が選ばれたのだ、と。

（牢屋にいるのに、女性に淫《みだ》らなことをするなんて）

しかも今の言葉から推察するに、常習犯だ。

そしてその態度は不敵で、あんなところを見られたというのに、少しも悪びれてはいない。

マシュアルは、抱いてきた王子様への憧れが、一瞬にして潰《つい》えていくのを感じた。

本来、オルタナビア国教でも乱倫は禁止されている。それについてはマシュアルの父もひどいものだったが——だがむしろ、父と同じ女癖の悪い男だったということが、マシュアルを失望させていた。夢を打ち砕かれたと言ってもいい。

（素敵な王子様だって？）

母が言ったとおり、ヤーレフは蜂蜜のような金髪に、宝石のような蒼い目をしていた。顔立ちは上品で端整で、とても綺麗だ。

……が、母の言葉はそこしか合っていないのではないか。

やさしくて気さく？　気さくというより元王子とも思えない荒っぽい言葉遣いをする、悪趣味な男だ。女性にはやさしい、ということなら、ある意味合っているのかもしれないが。

それでも、仕事は仕事だ。

母と自分の生活は、父の心一つにかかっているのだ。逆らうことは出来ない。

「おまえ、名前は？」

と、ヤーレフは問いかけてきた。

「マシュアルと申します」

「子供に俺の世話が務まるのかね？」

挑発的な言葉にむかついたけれども、できるだけ顔には出さず、頭を下げる。

「精一杯つとめます。よろしくお願いいたします」

「うん、よろしく」

ヤーレフはそう言って、マシュアルの頭を撫《な》でた。

「……っ……」

言葉もないまま、ひどく驚く。人に頭を撫でられたのは、これが初めてのことだったからだ。

少しだけふわふわした気持ちになって——そうしてマシュアルは、嫌々ながらヤーレフの世話係として毎日塔に通うようになったのだ。

1

マシュアルの仕事は、朝、ヤーレフを起こすところからはじまる。この三年近くずっとそうなのだが、これがなかなか一筋縄ではいかなかった。

「おはようございます。ヤーレフ様」

牢番に鍵を開けてもらい、独房の中に入ると、ベッドの天蓋の外から声をかける。

「ヤーレフ様、朝ですよ」

しかしそう簡単に起きてくれるような相手ではない。マシュアルは、天蓋を開いて結わえながら、再び声をかける。

「ヤーレフ様ってば……！」

そして布団の上から揺さぶった。

本来なら高貴な人に対して、世話係とはいえ下級貴族の庶子がやっていいことではない。だがこうでもしないと――しても、ヤーレフは起きてはくれない。

この三年で、マシュアルのヤーレフに対するイメージは、ふしだらな男から、ふしだらで自堕落な男へと進化……いや退化していた。

朝はなかなか起きないし、昼間も惰眠を貪っているし、マシュアルが帰宅してから翌朝までのたった一晩で部屋はすっかり散らかっている。衣類がそのあたりに放りっぱなしになっていたり、机の上では本が雪崩《なだれ》を起こし、床には紙や食べ物の滓《かす》などが落ちていたりするのだ。

(素敵な王子様、なんて本当にどこから!?)

マシュアルは深くため息をついた。

特に咎《とが》められるわけでもないのをいいことに、鬱憤晴らしを兼ねて、マシュアルの起こしかたは日々乱暴になっている。

「いい加減起きてくださいって……！　うわっ」

布団を剝《は》ぎ取ろうとした途端、いきなり手を摑《つか》まれて、ベッドの中に引っ張り込まれた。そのまま抱き込まれてしまう。

「ちょ、ちょ、……っ、ヤーレフ様っ」

マシュアルは暴れた。なかなか起きてくれないのはいつものことだが、これはひどい。驚いて、心臓がばくばくと跳ねた。唇がすぐ近くにあり、もしかしてキスされるんじゃないかとさえ思った。

「なんかいい匂いがする……」

とヤーレフは呟く。

「ヤーレフ様、放し……っ」

渾身《こんしん》の力で胸を押し返すと、彼はようやく目を覚ました。

「——なんだ、おまえか」

何の夢を見ていたのか、下にいたのがマシュアルだとわかると、あっさりと解放される。

「な……っ、なんだじゃないでしょうっ、ひとを引っ張り込んでおいてっ」

「そりゃ悪かったな」

軽く言って、ヤーレフはまたベッドへ沈んでしまう。

「ちょっと！　起きてくださいってばっ！」

マシュアルは布団を引っぺがそうとする。捲《めく》られまいとするヤーレフと攻防になった。

「ヤーレフ様っ」

「うるせーな、だいたいなんで起きる必要があるんだよ？　別に何もすることねーのに」

たしかに囚われの身で、特にすることはない。その空しさに一瞬同情を覚えるけれども。

そのわずかの隙に、ヤーレフはまた布団に潜っていた。マシュアルははっとして、再び布団を摑む。

「だめですって！　ヤーレフ様にはなくても、俺にはあるんだから！」

「ああ？」

「あなたの世話をするのが俺の仕事なんですよっ、起きてくれなきゃはじまらないでしょ!?」

「おまえのために起きろってのかよ、この俺様に」

「俺様あつかいして欲しいんなら、まずその態度と言葉遣いを改めてくださいよ……！　元にしても王子様らしくなさすぎでしょう！」

ヤーレフは聞く耳を持たない。

「起きてくださいって！　なんのためだっていいけど、お湯が冷めるでしょうがっ」

ヤーレフには毎朝入浴の習慣がある。罪人の身で贅沢《ぜいたく》なことだが、身分を剥奪されているとはいえ、元王子としてそれなりの待遇は受けているのだ。部屋が整っているのに加え、専用の浴室もあるし、衣装などのための予算も毎年下りていた。

ただ、常に扉に嵌められた鉄格子のあいだから監視されていて、プライバシーがないだけだ。

（そんなところで世話係に手を出してたなんて、どれだけ女好きなのかと思うけど）

今でも思い出すと呆《あき》れずにはいられない。

ともかく、その入浴のための湯を運んでくるのもマシュアルの仕事だった。温めるのは浴室でやるが、水の入った甕《かめ》は庭の井戸から塔の天辺まで担いでくるという、なかなかの重労働なのだった。

大きな欠伸《あくび》をしながら、ようやくヤーレフが身を起こす。

「かったるい」

「はいはい、いい子だから、行きますよ」

ヤーレフが大理石の台に俯《うつぶ》せに寝そべると、マシュアルがその背中を流す。身体が綺麗になれば、香油を塗る。

（ま、たしかにこんなに手を入れても、俺ぐらいしか見る人もいないんだけど）

勿体《もったい》ない、とは思う。見た目だけは本当に綺麗なのに。

「……っ」

……と、仰向《あおむ》けになったヤーレフを見て、マシュアルはつい息を呑《の》んでしまった。中心がゆるく勃《た》ちあがっていたからだ。

「なんだよ、毎朝見慣れてんだろ？」

ヤーレフは別に隠そうともしない。もともと王子だったから、使用人に身体を見られても、恥ずかしいという感覚がほとんどないらしいのだった。

反してマシュアルは、未《いま》だに慣れることができない。今日は特に、なんだかどぎまぎしてしまったような気がする。

「……そうですけど、いつもはすぐに収まってるじゃないですか……」

「しょーがねーだろ、女っ気のないとこに閉じ込められてんだから」

こういうこともある、のは理解できないわけではない。マシュアルも男なのだ。それでもあまりの大きさに、なんとなく目を逸《そ》らす。

「何？　もしかして意識してんの？　さっきの」

「ま、まさか……っ」

ヤーレフは喉で笑った。

「ちょっと間違っただけだって。誰がおまえみたいなガキに」

もちろんそんなことはわかっているが、子供扱いされるのは腹が立つ。華奢《きゃしゃ》で背もあまり伸びず、子供っぽく見えることはたしかだが、年齢のほうはもう十七になるのだ。

「さあどうですかね。ベッドに引きずり込まれたのは事実だし！」

「痛ててっ」

腹いせに湯を思い切りかけてごしごしと擦《こす》ると、ヤーレフは声をあげた。

「ったく、俺を誰だと思ってんだよ？」

「元王子様だけど、今はただの人です」

それにしても不敬だとは思っているが、何も最初からこうだったわけではないのだ。

（ヤーレフ様がだめすぎるから）

そう思う傍《そば》から、ヤーレフが言い出す。

「そういやおまえもそろそろ年頃だよな？　彼女とかいねーの？」

（またこの人はしょーもない話を……）

マシュアルはつい、氷点下の視線を送ってしまう。

「いませんよ、そんなの」

「いくらでも女のいるとこに行けんのに、もったいねーな。そこそこ可愛《かわい》い顔してんのに」

（……可愛い）

その言葉に少しだけどきりとした。今のは、褒められたのだろうか。

（いや、まさか）

揶揄《からか》うような口調は、全然そんな感じではない。

「どうせならかっこいいって言ってくださいよ」

と反論したが、ヤーレフは喉で笑うだけだ。

「どんな子が好み？」

「好みなんて……」

特に考えたこともなかった。

「ヤーレフ様は？　初めて会ったとき、妖艶な美人が好きだって言ってましたよね」

「嫌いな男はいねーだろ」

「あのときすけべなことしてた相手も、そんな感じでしたね」

「よく覚えてんな？」

「……っ、別に……あのときは滅茶苦茶驚いたっていうか、呆れたんで」

ヤーレフは笑った。そしてふと、格子窓に視線を向ける。

「そうだな。いい女だった。……もう会う機会もないだろうけど」

　マシュアルは一瞬、言葉に詰まった。

（……ヤーレフ様には、もう会えない人がたくさんいる）

　塔の外へ出ることは勿論《もちろん》、面会もほぼゆるされることがないからだ。それどころか、手紙のやりとりさえ厳しく制限されている。

　マシュアルが世話係になった最初の年、ヤーレフの母親が病気で亡くなった。ヤーレフはせめて最後にひと目会いたいと懇願したが、そのときでさえ葬儀に参列することはゆるされなかったのだ。

「……いつか恩赦があって出られるかもしれませんよ」

「いらねーよ」

「どうして」

「恩赦っていうのは、罪をゆるされるってことだろ。俺は無実だからさ」

「無実……謀反なんかしてないってことですか？」

「うん」

「……じゃあ、それを王様に訴えて、出してもらうのは？」

「無駄無駄、最初の頃に何度もやったけどな」

「……じゃあ無実なのに、このままずっと独房にいるってことですか……？」

　それはあまりに理不尽だ。ヤーレフがいくら駄目な元王子でも、本当なら可哀想すぎる。

（……でも）

　同時にマシュアルは思う。どっちにしたってどうせ出ることができないのなら。

（……別に待遇だってまあまあなんだし……。だったら、ここでずっと暮らしたって、そんなに悪くはないんじゃないか……？）

と。

入浴が終わる頃には、食事係のムラトが厨房《ちゅうぼう》から朝食を運んでくれている。

これもまたそれなりに豪勢だ。朝から肉もあれば、クレープ風のパンや果物も山盛り。菓子まである。

給仕はムラトに任せ、マシュアルはヤーレフの後ろにまわった。食べているあいだに、髪を拭いて乾かすのだ。

（それにしてもいい匂い……）

焼き菓子の香ばしい匂いを、つい胸いっぱいに吸い込んでしまう。

「子供だな」

ヤーレフは軽く笑った。

「な、何のことです？」

「そんなに鼻をひくつかせたらわかるって。食えば？」

「い……いただけません」

仮にも仕えている主人の菓子を横からとるなんて。

「そ？　無駄になるな、せっかくムラトがつくってくれたのに」

「ヤーレフ様、食べないんですか？」

「甘いものは好きじゃない」

「う……」

ゴミになる、わけではないとは思う。厨房の誰かが食べるだろうけれど。

「ムラト、下げ……」

「あっ」

思わず遮ってしまう。

「最初からガキは素直に甘えてりゃいいんだよ」

「ガキじゃ……」

抗議しようとした口に、菓子を一つ突っ込まれる。

「むむ……」

頬張ると、口の中にうっとりするような甘さが広がった。

「美味《うま》い？」

「んん、美味《おい》しい……！　です」

「ほら、もう一つ」

喉で笑いながら差し出されれば、もう断るのも今更だった。

二つ目を頬張ったとき、ふと視線を感じて顔を上げれば、ムラトのもの言いたげな視線とぶつかった。

「なんだ？」

と、ヤーレフが問いかける。

「いーえ、別に」

ムラトも長く勤めているのと、ヤーレフのたしかに気さくな性格もあり、だいぶくだけた口をきくようになっている。

マシュアルはムラトの言いたかったことをなんとなく察した、というかマシュアル自身も気になっていたことだ。

「ごめんな。せっかくヤーレフ様のためにつくってくれたのに、俺が食べちゃって」

今回ばかりではなく、こういうことはたまにあるのだ。ヤーレフの好みに合わないものをつくってくるムラトにも責任はあるだろうけれど。

「いや、それはもとも……痛っ」

「？　どうかした？」

いきなり声をあげたムラトに、マシュアルは首を傾《かし》げた。

「ちょっと足が痙《つ》って……大丈夫、すぐ治るから」

「そう？」

言葉のとおりすぐによくなったらしく、ヤーレフが食事を終えると、ムラトはいつものように皿を片付け、独房を出て行った。

ちょうどヤーレフの髪も乾いていた。

わずかにウェーブがかかった輝くような金髪——ヤーレフの髪はとても綺麗だ。最初は短かったらしいが、滅多に切ることのない獄中生活を続けるうち、今では余裕で肩にかかるくらいある。

　マシュアルはそれを邪魔にならないように結わえたり、たまに気が向けば編んでみたりする。ヤーレフはされるがままになっている。

「今日はどうします？」

「好きにしろ」

　張り合いないなあと言いながら、マシュアルは髪にオイルを塗り、梳《くしけず》る。

「これ、まだ切らないんですか？」

「ああ？」

「そろそろ理髪師を呼びましょうか？」

　刃物を使う以上、厳重に警戒されたうえでだが、それもまたヤーレフには許可されていた。

「俺が切ってあげてもいいけど」

「おまえが？」

　不審そうな顔をされ、ちょっと怯《ひる》む。綺麗だから一房欲しいなんて思ったことを、見抜かれたような気がして。

「まさか本当に縄にして窓から垂らすつもりじゃないんでしょう」

　という物語が、昔ヤーレフに聞いた外国のお伽《とぎ》噺《ばなし》の中にあったのだ。

　塔に閉じ込められたみごとな金髪のお姫様が、その髪を垂らして王子様を部屋に招いたという話だ。まさか本当にそんなことができるわけはないけれども。

「誰を招くって言うんだよ？」

　はっ、とヤーレフは笑った。でもその瞳はあまり笑ってはいない。ヤーレフはよく笑うけれども、どこかいつも冷めたところがあって、この蒼い瞳が心底楽しそうに輝くのをマシュアルは見た覚えがない。

　反逆罪で投獄されたという、そのときどんな経緯があったのだろう。

ヤーレフ自身も無実だと言っていたけれども、たしかにマシュアルから見ても、謀反など企む男だとは思えないのだ。

(王様は全然信じてくれなかったのかな？　……ヤーレフ様のお父さんなのに)

髪を整え終わって櫛《くし》を置くと、ふとヤーレフが言った。

「そういえば、本は借りられたか」

「あ、はい！」

マシュアルはときどき図書館へ行き、ヤーレフのかわりに本を借りてきてやっていた。

牢の隅に置いた自分の鞄から、二冊の本を出して持って戻ってくる。

「はい」

笑顔で差し出したが、ヤーレフは表紙を見て軽くため息をついた。

「……もしかしてまた違ってました？」

「おまえはやっぱり、もうちょっと真剣に字を覚えねーとな」

「真剣にやってますけどっ」

あるときから、ヤーレフはマシュアルに字を教えてくれるようになっていた。

ほとんど読めなかったマシュアルを見かねて、また退屈な獄中生活の暇つぶしにもちょうどよかったのだろう。

何にせよ、マシュアルにはとてもありがたいことだった。これだけはヤーレフに素直に感謝していた。

父はそれなりに身分のある男だが、末端の庶子にまでは手が回らず、マシュアルはろくに教育を受けていなかった。

マシュアルはできるだけ教養を身につけたかった。生活力のない母親は、父に捨てられることを恐れ、いつもどこかびくびくして暮らしていた。そういうふうに生きていきたくなかった。読み書きができれば、就ける仕事は格段に増える。

とはいうものの、なかなか覚えは悪かった。簡単な文章は読めるようになったが、難しい言葉はまだわからない。

「……だってヤーレフ様が、タイトルをメモするのも、職員さんに聞くのもだめだって言うから……」

文字を実際に見ながら探すのなら、できそうな気がするのだが。

「そういうことすると、ますます覚えられないだろ。……とは言っても、未だに見つからないってことは、やっぱ閉架になってるのかもな」

独り言のように呟《つぶや》きながら、二冊目の本を見る。

そっちはマシュアルが自分のために借りてきた本だ。ヤーレフのものを借りるついでに、勉強のためもあって自分の分も借りてくることにしていた。

「自分が読みたい本だけは間違わないのな」

「ヤーレフ様の指定が難しすぎるんです！」

「そんなこと言ってると読んでやらねーぞ」

マシュアルはうっと詰まる。

「……次は頑張ります」

「わかればよい」

ヤーレフはマシュアルの借りてきた本を開いた。

彼は気まぐれにマシュアルに本を読んでくれる。

最初のきっかけは、何かの折にふとヤーレフが口にした、先刻のお姫様のお伽噺だった。

それまで物語などほとんど知らなかったマシュアルが、あまりに食いついてしまったために、それからもせがむとたまに話をしてくれるようになった。

語り手のいい加減な性格を反映してか、オチが違っていたり、うろ覚えのまま細かいところが適当に改変されていたりしていたことがわかったのは、だいぶあとになってからの話だ。

ヤーレフが人並み以上に物語を知っていたというわけでもなく、そのうちには種も尽きて。

――しょーがねーだろ、俺はシェヘラザードじゃない

――シェヘ……？

――千夜一夜物語の……それも知らないのか？

知らなかった。

――へえ……

彼は目を細め、言った。

――じゃあそれ、図書館で借りてこいよ。字を教えがてら、読んでやるよ

と。

それ以来、マシュアルは読んでもらいたい本を図書館で借りては、独房に持ってくるようになった。一緒に、ヤーレフ自身のための本も頼まれる。そのタイトルは難しく、メモもなしでマシュアルが覚えることは至難の業だったのだが。

「座れよ」

促され、マシュアルは彼の隣に腰を下ろした。

ヤーレフが本を開き、マシュアルはよく見えるように身を寄せる。

物語を読むヤーレフの声が耳に心地よかった。

(そういえば、顔だけじゃなくて声もいいんだった)

意外とやわらかくて、身体の奥まで響くようで。

「おい、ちゃんと読んでるか？」

つい、うっとりと目を閉じそうになっていたマシュアルは、はっと正気に返った。

「えっ、も、勿論……！」

いつのまにか聞くのに夢中になっていたけれども、ただ読み聞かせてもらっているわけではなく、朗読に合わせて文字を目で追うことで、覚えようとしていたはずだったのだ。

「あとで読ませるからな。読めなかったらお仕置きだ」

「お仕置き!?」

「一つ間違ったら尻叩《しりたた》き一回」

「そんな！」

「今日は二十回ぐらいいきそうかな」

「ご冗談を……！」

そんなにされたら尻が真っ赤になってしまう。

集中集中、と。

（……あ……）

この話、なんとなく聞いたことがあるような。

というか、忘れもしない。お姫様が塔から髪を垂らす話だ。……が、内容がだいぶ違う。

「ちょ、ちょっと待って」

「ああ？」

「この話、あれですよね。前に聞いた……」

「ああ、話したことがあったかもな」

「王子様が登ってきて、二人で魔女を殺すんでは？」

「違ったみたいだな。細かいとこ忘れてたぜ」

細かい……？

「王子様のほうが魔女にやられてますけど!?」

「お子様仕様にしてやったんだよ」

「これからどうなるんですか？　二人はしあわせになれる？」

「知りたいか？」

「はい」

「じゃ、ここまで一人で読んでみろよ。読めたら続きを読んでやるよ」

「一人で!?」

「できるだろ？」

ほら、と本を渡され、マシュアルはたどたどしく読みはじめるけれども。

「ううーん……？」

「七回目だな」

ヤーレフは笑う。読めない単語がいくつもあって、それをカウントしているのだった。

「十八回。よかったな。二十回までいかなくて」

「うええ……」

ようやく読み終わったときには、ついにそこまで数を重ねていた。

「さてお仕置きの時間だな。間違った数だけ尻を叩くか」

「本当にやるんですか⁉　十八回も叩かれたらお尻が腫れちゃいますよ……‼」

「いいじゃねーか。子猿みたいで」

「やだ……っ」

マシュアルは暴れた。けれどもじたばたしてもとても敵《かな》うものではない。抵抗虚しくベッドの上へ放り投げられてしまう。

（せっかくベッドメイクしたのに）

と一瞬思ったが、すぐにそれどころではなくなった。

ヤーレフに尻を向ける格好で、四つん這《ば》いに這わされる。この姿勢自体がひどく恥ずかしかった。

「さて、ひとーつ」

ばしん、といい音が響く。

「痛……！　ちょっと、お手柔らかに……っ」

「十分お手柔らかだろ？」

「柔らかくない……っ」

「ふたーつ」

「ひぃぃ」

たしかにさほど強い痛みではないが、それでも打たれ続けるうちには尻がじんじんしてくる。

「ななつ」

「うひ……っ」

ちら、と肩越しに振り返れば、ヤーレフはそれなりに楽しそうな顔をしている。そのことに、こんなときなのに少し嬉《うれ》しくなる。出会った頃にくらべれば、これでもやや表情はやわらいできた気がするからだ。

「十」

「あっ――」

痺《しび》れきったところを更に叩かれ、高く声が出てしまった。というか、高いだけじゃなくて――。

（何、今の？）

なんだか尻だけじゃなくて、頬まで火照《ほて》るのを感じる。

「ふーん？」

「な、なんですか……っ⁉」

「おまえ、ちょっと勃ってね？」

「なっ、たっ、たっ、たっ、勃つわけないじゃないですか……‼」

「そ？」

ヤーレフの指が、トーブの裾にかかる。まずい、と思う隙もなく、彼はそれをぴらっと捲った。

尻があらわになる。マシュアルは恥ずかしさで真っ赤になった。

「や、やめてくださ――」

鍵を外す音とともに独房の扉が開いたのは、そのときだった。

「失礼します。お茶の……」

入ってきたのはムラトだった。午後、茶菓子を持ってくるのもまた彼の仕事だった。

彼はベッドで繰り広げられている光景を見て絶句し、立ち尽くしていた。

マシュアルは反射的に飛び起きた。

「助けて、ムラト！」

ムラトに駆け寄り、彼の後ろに隠れる。すっかり誤解されているのは明白だったが、これを利用しない手はない。

「ヤーレフ様が俺を……っ」

「ええ⁉」

ムラトは呆然《ぼうぜん》と呟いた。

「ヤーレフ様、ついに……」

「違うっ‼」

ヤーレフはめずらしく声を荒らげた。

「お仕置きしてただけだって……！」

「俺のお尻、見たくせに」

「えっ」

　ムラトがヤーレフに疑いの目を向ける。

「ちが……っ、あれは」

「見ましたよね？」

「……っ」

　ヤーレフは反駁《はんばく》しかけたが、やがて深くため息をついた。

「ああもう、わかったよ、お仕置きは終わりにしてやる」

「……本当に？」

「本当に」

　手招かれ、マシュアルはやや警戒しながらもベッドへ戻り、ヤーレフの隣に座った。

　その途端、頭を脇に抱えて締め上げられた。

「ったく、ムラトを利用するとは、やるじゃねーか、ええ？」

「痛たたっ、お仕置きは終わりだって言ったでしょ!?」

「これはお仕置きじゃない。教育的指導」

「同じことでしょうっ」

　二人が騒いでいるあいだに、ムラトがお茶の用意を整えてくれていた。元王子は、牢屋にいてもお茶の時間まで設けてもらえる待遇の良さなのだった。

「びっくりしましたよ。ついにヤーレフ様がマシュアルに手を出したのかと……」

　お茶を注ぎながら、ムラトが言った。

「出さねーよ、ガキになんか」

「もうそんな子供じゃないですよ……！」

「わかったわかった。そんな怒んなって。子供のくせに、尻見られたからって」

　マシュアルは本当に恥ずかしかったのだが、ヤーレフにとっては子供を揶揄った以上の意味はないようだった。そのことに、なんだか少し情けないような気持ちになる。

「あ、そうだ。マシュアル」

ふとムラトが言った。運んできた茶道具の下から、粗末な皿を取り出す。

「これやるよ。試作に失敗した残りだけど、味はよくできたと思うんだ」

歪《いびつ》な形をしたパイはヤーレフには出せない代物だが、マシュアルは形などどうでもいい。

「わあ、ありがとう、ムラト!」

喜んで手を伸ばす。

が、一瞬早くヤーレフが横からさらってしまった。小さなパイが彼の口の中に消えてしまうまで、あっというまだった。

「ひどい……!」

マシュアルは思わず叫んだ。

「ヤーレフ様にはちゃんとしたのがたくさんあるじゃないですか……!」

「綺麗にできたのは見慣れてるから、こういうのが美味そうに見えんだよ。うん、いいじゃねーか。完成したら持って来いよ」

「甘いもの好きじゃないくせに」

他人のものはよく見えるのだろう。

「どっちが子供だか……!」

マシュアルは食い物の恨みを騒ぎ立てるが、ヤーレフは素知らぬ顔で猫のように指を舐《な》めている。

「子供といえば」

ふと、彼が言った。

「第二性別の検査を受けたとか言ってなかったか?」

「そうですよっ、それが何か?」

本来なら、十代前半には受けることが義務づけられている検査だ。だが高価なうえに、一般人の大半は検査をしても結局ベータで、あまり意義も感じられないことから、実際には浸透していなかった。

それを今回、マシュアルが受けることになったのは、勅命の影響だ。

——アルファの男子を儲《もう》けよ
現国王は、自身の八人のアルファの王子たちの前で、玉座の継承についてこう宣言したという。

——王統の継続は最優先事項である。よって、おまえたちの中で、最初にアルファの男子を産ませた者を、王位継承者とする
その勅令のために、アルファの王子たちはオメガを探しはじめた。

何故なら、最もアルファの男子が生まれやすいのは、アルファ男子とオメガ男子の組み合わせだと言われているからだ。

マシュアルの父が今の職に就けたのは、アルファ第二王子ニザールの親戚であるオマー大臣の口利きによるものだったが、そのニザール王子もまたオメガを探していた。

王子の傘下では、兵士、従者などすべての者が検査を強いられ、その一環としてマシュアルも調べられたのだった。

「それで、結果出た？」

「まだです。……もうそろそろだとは思いますけど」

「そっか」

「……俺がもし……」

オメガだったら？

ふと、口に出しかけた問いを、マシュアルは飲み込んだ。

「え？」

「いえ、何でも」

もともとマシュアルがヤーレフの世話係に選ばれたのは、第二性別さえ判明前の子供だったからだ。

もしそれが判明して、たとえばオメガだったりしたら……彼の世話を続けることは、できなくなってしまうのだろうか……？

（そうなったら、……もしかして、他の誰かが俺のかわりにヤーレフ様のお世話をして、俺はもう二度と会えなくなってしまう……？）

　マシュアルの前の世話係だった女性のように。

　そのことを考えると、検査結果が出るのが少し怖かった。

（ヤーレフ様にとっては、別になんでもないことなんだろうけど……）

　他の人に替わっても同じ。前の人からマシュアルに替わっても同じだったように、次の人になっても。

（同じように揶揄って遊んだり、髪を梳かせたりする）

「どうした？　急に黙り込んで」

「……別になんでも」

　マシュアルは首を振り、笑顔を取り繕った。

　ヤーレフにとっては誰でも一緒なのだと考えるのは寂しいことだが、実際にはほとんどの民はベータなのだ。

（俺だって）

　結果を見るまでもなく、マシュアルも九割方ベータだろう。そうしたら、別に係を替わる必要なんてないんだから。

（何も変わらない。きっと）

　と、マシュアルは自分に言い聞かせた。

2

「お帰りなさい。お父様がお待ちよ」

「お父様が……？」

夜、マシュアルが家に帰ると、めずらしく父が来ていた。父に会うのは、何ヶ月ぶりだろうか。

しかも自分を待っているという。いつもなら来ても書斎か居間にいて、マシュアルのことなど見向きもしないのに。

「客間へ行きなさい」

「誰か来てるの？」

母は頷《うなず》く。

「粗相のないようにね」

首を傾げながら行ってみると、父とともに客間にいたのは、豪奢な首飾りと衣装を身につけた、銀髪に淡い紫の目をした若い男だった。姿を見ただけで、身分のある人だと察せられた。

穏やかな笑みを浮かべているのにどこか冷たく見えるのは、全体的な色素の薄さのせいなのだろうか。

「閣下《かっか》、息子のマシュアルです」

父はまずマシュアルを紹介したあと、その人物の名を告げた。

「オマー大臣閣下だ」

マシュアルは息を呑んだ。

オマー家といえば代々王家の宰相《さいしょう》を務める、マシュアルでも知っているほどの名家中の名家だ。しかもその宗主である大臣本人が、こんなみすぼらしい家を訪ねてくるなんて。

（……それにしても若い）

こんなに若いなんて知らなかった。ヤーレフと変わらないくらいなのではないだろうか。

（そうだ……いつも「元」とはいえ王子様の世話をしてるんだから、大臣にそんなに竦《すく》みあがる必要はないはず……？）

それでも何故だか彼が怖くて、ひどく緊張しながらマシュアルは挨拶をした。

「マシュアルでございます。お目にかかれて光栄です」

「オマーだ。大臣職は、最近父から引き継いだばかりだけどね」

どうりで若いはずだった。

だが、いくらオマー家が名家でも、宮廷の役職は完全な世襲制というわけではないし、この若さでそう簡単に引き継げるものではないだろう。有能な人なのだろうと察せられた。

「そう堅くならないで」

と、オマーは言った。

「朗報を持ってきたのだからね」

「え……？」

「君は先日、第二性別検査を受けたことを覚えているね」

「……はい」

マシュアルは鼓動が速くなるのを感じた。

（でも、俺はベータのはず……だよな？　そうそう他の性別になる人なんていないんだから）

だがそれなら、こんな身分の人がわざわざ家に来るはずはないのだ。

オマーはマシュアルの手に一枚の紙を手渡した。

「おめでとう。君はオメガだ」

「――……」

しばらくは、声も出なかった。

「あ……あの……でも、……お……オメガなんて滅多になるものじゃないですよね……？　だいたいみんな普通はベータなんじゃ……？」

「ベータだよ、ほとんどの人間はね。でもまれに当たり籤《くじ》を引く者もいる。——君もだ」

マシュアルは恐る恐る書類に目を落とす。そこにはたしかにオメガの刻印が押されていた。

「おめでとう」

「……っ」

マシュアルは反射的に首を振っていた。

「オメガだったことは祝われるようなことではない、かな?」

「……」

実際、劣等種と言われている性ではあった。オメガには年に四回ほどの発情期があり、そのあいだは性交渉以外のことはほとんどできなくなるという。まともに働くこともできない色情狂——そんな偏見も罷《まか》り通っていた。

オメガであったことを喜べるわけがなかった。

働いて自立することができない。

そしてそれ以上にマシュアルを動揺させたのは、もうヤーレフの世話係ができなくなるのではないかという不安だった。

「しかし特別な存在であることに変わりはないと思うよ。君はアルファに嫁いで、アルファを産むことができるかもしれないのだから」

「——え……?」

一瞬、マシュアルの胸に浮かんだのは、ヤーレフの顔だった。

だが、獄中の彼に娶《めと》ってもらえるはずはない。それでなくてもマシュアルのような子供っぽい男は、彼にとっては対象外なのだ。だからこそ、世話係に選ばれたのだから。

「君を二翼《によく》に迎えたい」

と、オマーは言った。

「二翼……?」

「孔雀宮には、一翼から八翼まで、アルファの王子にのみあたえられる小宮殿がある。その二翼——アルファ第二王子ニザール殿下の後宮だよ」

　思いもよらない言葉だった。

「……俺が……王子様の後宮に……!?」

　マシュアルは呆然とした。

　ヤーレフの世話係をしている身ではあっても、その他の王族や宮殿などは、マシュアルにとって考えたこともないほど遠い存在だった。

「そう。勅命のことは知っているだろう。最も早くアルファの男子を儲けた王子が王位継承者となる。そのために、二翼ではオメガの男子を集めている」

「オメガを、集める……」

　そもそもそのための第二性別検査だったのだ。

「アルファの男子は、アルファ男子とオメガ男子のあいだに授《さず》かることが多い。とはいえ、滅多に生まれるものではないから、確率を上げるために、多くのオメガ男子が必要とされている」

「……」

（多くのオメガの一人になる……）

　マシュアルは強い嫌悪感を覚えた。

　一人の男が多くの女――オメガでも――を囲うという行為自体がいやだった。何人もの愛人や子供を持ち、不幸にしている父と、重なって見えた。

「君にとって悪い話ではない……むしろ極めていい話だ。発情期のあるオメガが市井で生きるのは大変なことだよ。発情抑制剤は高価でなかなか手に入らないし、まともな働き口も見つかりにくい。偏見も多い。それどころか陵辱されることだって。……だが後宮に入れば、そんな心配はなくなる」

　それはそうかもしれなかった。客観的に見て悪い話ではないのかもしれない。

　マシュアルはまだ発情したことはないが、そのときが来ればそれを抑える薬がいる。高価なその薬を買えなければ……。

（もし買えなかったら）

どんなに浅ましい姿を晒《さら》すことになるか。

ちょっと想像しただけで悪寒が走った。

でも、後宮に入れば薬をもらえる……いや、発情のたびにニザール王子の相手をさせられるのだろうか。

（見ず知らずの人と寝床をともにする）

そしてニザール王子の子供を産む？

誰彼かまわず股を開くような真似《まね》をするより、はるかにましだと理性ではわかる。なのに、マシュアルは更なる生理的嫌悪感を覚えずにはいられなかった。そもそもずっとベータだと思ってきて、自分が子供を産むなどと考えたこともなかったのに。

「あの……っ、でも俺……っ」

衝動的に口にする。

後宮に入るのも、見ず知らずの人の子供を産むのもいやだった。今のまま、塔でヤーレフの世話をしていたかった。彼の傍を離れたくなかった。薬さえなんとかなれば、勤め続けることはできないだろうか？

その途端、オマーの瞳が冷たく光った。

「ヤーレフのことが気になっているのか？」

と、彼は言った。

「え……」

「世話係をしているんだろう」

「……はい」

知っていたのか、と思う。

「彼がまだ王子だった頃、私たちは親友だったんだよ」

「え……!?」

マシュアルは思わず目を見開いた。

たしかにそんな繋《つな》がりでもなければ、こんな身分の高い人が、いくらオメガのためとはいえわざわざ自分で出向いたりはしなかっただろう。

けれども「親友」という言葉を使いながら、彼の目は少しも温かさを帯びてはいない。

「ここへ座って。少し話をしよう」

「え、……でも……」

大臣の隣に座ったりしていいものだろうか。

ちら、と父を見れば、彼は頷く。

恐る恐るマシュアルはソファに腰を下ろした。

「マシュアルと言ったね」

「はい……」

「仕事はどう？　楽しい？」

「え、……はい」

囚人の世話をする仕事――を、楽しいと言っていいのかどうか。

だが、ヤーレフの世話は、まぎれもなくマシュアルの中では楽しい仕事だった。

「独房で、ヤーレフはいつもどんなふうに過ごしているの」

「……あの……ふつうに……」

あまり多くを口にしないほうがいいような気がして、マシュアルは言い淀《よど》む。

そういえば、勤めをはじめた最初の日に、慣れ親しまないようにと父に言い含められていたのだった。けれども今の状態は、慣れ親しんでいないとはとてもいえないものだ。

「彼の今のようすを率直に聞きたいだけだ。警戒しなくてもいい」

「あの……ヤーレフ様は俺のような者にも親切で隔てなく接してくださいます」

と、マシュアルは答えた。

「彼は我《わ》が儘《まま》だろう？」

「それは……王子、……元王子様ですから、それなりに」

「怠惰で横柄、意地悪で、君を困らせているのでは？」

親友だったと言うだけあって、ヤーレフのことをよく知っているらしい。ヤーレフの性格はたしかにオマーの言うとおりだったが、他人に悪く言われるのはなんだかいやだった。

「……そうですけど、ヤーレフ様はおやさしいです。俺が失礼な口をきいても怒らないし、字を教えてくださったり、本を読んでくださったりしますし、お菓子をくれたりとか――」

「仲がいいんだね」

マシュアルは息を呑んだ。失敗した、ような気がした。自分とヤーレフの親しさは、彼には悟られるべきではなかったのではないだろうか。はっきりした根拠もなくそう感じた。

オマーが目を細める。

なんだか怖くて、背筋が冷たくなった。

「彼が、反逆罪で投獄されているのは知っているよね？」

「……はい」

「今はどう？　国王陛下《へいか》に対する異心はまだ残っていそうかな？」

「そんな、まさか……！　何も考えていらっしゃらないと思いますっ！」

疑われてはならないと慌てて否定したが、本当のことでもあった。ヤーレフに今でも――そもそも昔から、叛意《はんい》があったなどとはとても思えなかった。ただ毎日だらだらと暮らしているだけで。

「そう」

納得してくれたのかとほっとしたのも一瞬のことだった。

「けれど、だからといってオメガをヤーレフの傍に置いておくわけにはいかない。一度は国王陛下に反逆した王子の血筋がもしも残ったら……万が一にでも、その子がアルファの男子だったら、どれほどの遺恨を残すことになるか……少しは想像がつくだろう？」

「ヤーレフ様は……っ」

　無実だと言った。

　思わずそれを口にしかけ、堪《こら》えた。考えなしに余計なことを言えば、ヤーレフの迷惑になるかもしれない。

「ヤーレフが、何？」

「……いえ、……俺なんか、相手にするわけありません……」

　ごまかすための言葉だったが、それもまた事実だった。

「君は発情期に放つオメガのフェロモンを甘く見ているね。好みかどうかなんて些細《ささい》なことだ」

　そういうものなのか。知識のないマシュアルは反論できなかった。

　やはりどうしても、もう塔の仕事を続けることはできないのだろうか。

（ヤーレフ様に会えなくなる）

　そう思うと、胸が締めつけられるように苦しい。

（……俺がオメガだったから）

「君は……君だけでなく誰も、ヤーレフの子を産むことはできない」

　と、オマーは言った。

「けれど二翼へ来れば、ヤーレフの弟王子の子を産むことはできるかもしれないよ」

　はっとマシュアルは顔を上げた。

「ヤーレフ様の弟の……」

　彼の甥《おい》か姪《めい》ということになる。

（ヤーレフ様と血の繋がった子……）

　それは小さな希望と呼べただろうか。

「いずれにせよ、君の父上の承諾は得た。君に拒否権はないよ」

　ひどいと思う。本人の意思も聞かず、決めてしまうなんて。

　けれどもオマー大臣のような雲の上の存在に、逆らえないのはしかたのないことだった。父も、そして自分も。

「……あの……俺がいなくなったら、……母は……？」

頼りない母を一人にしてしまうのが、心配だった。

「御母上は大丈夫だよ。御父上の家に引き取られることになる。少し前に御夫人も亡くなったことだしね」

オマーの言葉に母を見れば、彼女は苦悩の中に微《かす》かに頬を上気させ、父の傍に寄り添っていた。

母にとってはそのほうがいいのだと悟らないわけにはいかなかった。

母はやさしい女性ではあったが、誰かに頼らなければ生きていけない人でもあった。特に、男性に。

母にとって、マシュアルより父のほうが大切なのは、以前からわかっていたことだった。

「……わかりました」

答えた瞬間、ヤーレフの顔が浮かんで、泣きそうになった。震える声を堪える。

「……いつニザール様のところへ伺えばいいですか？」

「なるべく早く。もういつ発情が来てもおかしくない歳だからね。できれば今日にでも」

「今日!?」

あまりの性急さに思わず声をあげてしまう。

「はは。と、言いたいくらいだという話だよ」

やさしげでありながら、オマーは楽しんでいるかのようにも見えた。

「……わかりました。……ただ、……ヤーレフ様にご挨拶する時間をください」

オマーは目を細め、どこか歪《ゆが》んだ笑みを浮かべる。

「特別にゆるしてあげよう。明日、今生の別れをしてくるといい」

（明日……）

そんなにもすぐに終わらせなければいけないものなのか。

引き延ばしてどうなるものではないとわかってはいても、それはあまりに差し迫った別れだった。

3

「ヤーレフ様、ヤーレフ様……起きてください」

いつものように揺さぶりながら、こうして彼を起こすのも今日が最後なのかと思う。

ヤーレフは呻《うめ》き、ごろりとマシュアルのほうを向いた。

目を閉じたままの彼の寝顔を、マシュアルは見つめた。彫りが深くて、睫毛《まつげ》が長くて、本当に綺麗だと思う。

もう二度と見ることはできないのだから、いつまでもこうしていたかったけれど。

「ほら、起きて！」

ヤーレフの手を引っ張って起こし、入浴させ、髪を整える。

いつもと同じことをしているのに、これっきりだと思うとひとつひとつが愛《いと》おしかった。

（俺……こんなにこの人のことが好きだったんだな……）

今更ながら気づいた。

いろいろだめな人だったけれど、やさしい人でもあった。

文字を教えてくれたり、本を読んでくれたり、赤の他人のためにそんなこと、ほかの誰がしてくれるだろう。マシュアルは母親にさえしてもらったことがなかった。

（そういえば最初に会った日、頭を撫でてくれたんだっけ）

記憶にある限り、それもマシュアルにとっては初めての経験だったのだ。人に頭を撫でてもらうのがそんなにも心地いいなんて、あのときまで知らなかった。

それから今日まで、何度撫でてもらったか知れない。

「……マシュアル」

ヤーレフに呼びかけられ、マシュアルははっと滲《にじ》みかけていた目許《めもと》を拭った。髪を結っている最中で、彼が背を向けているのが幸いだった。

「おまえ、今日なんかおかしくないか？」

「え、別に？」

マシュアルはごまかそうとした。

最後だからこそ、いつもどおりに世話をさせて欲しかった。

「……あ、そうだ。今朝これ図書館から借りてきたんですけど、今度こそ合ってません？」

マシュアルは自分の鞄の中から本を取り出し、ヤーレフに渡した。

その表紙を見て、ヤーレフは目を見開く。今までにない反応だった。

「……合ってる」

と、彼は言った。

「やったあ……！」

マシュアルは思わず歓声を上げた。

「やればできるじゃねーか」

ヤーレフはマシュアルの頭を抱き、髪をぐしゃぐしゃに撫でてまわした。その感触に、堪えていたものがぼろぼろと一気に溢《あふ》れ出す。

「え、お、おい!?」

「あ、え……？」

ヤーレフも驚いていたが、自分でも驚いた。マシュアルは慌てて手の甲でそれを拭った。

「すみません。嬉しくて……やっとヤーレフ様に言われた本を持ってこれたかと思うと」

最後の最後に務めを果たせた。

「嘘《うそ》言うなよ!?　何があったんだ!?」

「……別に……」

「吐け！」

ヤーレフはごまかされてはくれない。

終わりのときまで黙って、いつもどおりに過ごしたかったけれど。

だがどっちにしても、いつまでも隠していられるわけではないのだ。

「……この前、第二性別検査を受けたでしょう」

マシュアルは躊躇《ためら》いがちに唇を開いた。

「ああ」

「……オメガだったんです」

ヤーレフが黙り込んだ。彼もまた、そんな可能性はほとんど考えてはいなかったのだろう。

「……そうか」

「それで、後宮に入るようにって言われたんです」

彼が、息を呑んだのがわかった。

「昨日、偉い人が訪ねてきて、オメガを探してるって」

「……勅命の件か」

マシュアルは頷く。

「それでまさか、行くつもりじゃないだろうな？」

「……」

「なんでだよ!? どういうところだかわかってるだろ？ なんで断らない!?」

「断れるわけないでしょう。……それに、悪い話じゃないと思うんですよね。オメガが生きていくのは大変だし、後宮で保護してもらえるなら、もしかして恵まれてるほうかもしれないって……」

ヤーレフの顔が複雑に歪む。

「……それに、オメガだってわかったら、どうせもうここに勤めることもできないですし……」

「な……」

何故、と問いかけてやめる。何故だめなのかは、彼にもわかっているのだろう。

「別におまえに手を出したりしねーのに……！」

「……っ」

吐き捨てるように呟かれたその言葉に、思いのほか胸を抉《えぐ》られた。

（……俺がオメガでも、ヤーレフ様にとっては対象外なんだ）

最後まで、子供扱いのままなのだ、と思い知る。

（……ヤーレフ様のこと、そういう気持ちで好きなわけじゃないはずなのに）

相手にさえされていないと思うと、何故だかひどく胸が苦しい。

マシュアルは密かに手を握りしめ、こみ上げてくるものを堪えて笑顔をつくった。

「でも、アルファの王子様たちって、ヤーレフ様の御兄弟ですよね」

「ああ」

「ってことは、俺がもし子供を産めたら、ヤーレフ様の甥か姪ってことになるんですよ。ちょっと面白いと思いません？」

ヤーレフの子供は産めないけれど、そのかわりにヤーレフの血を引いた子を産めるかもしれない。ヤーレフと細い糸でずっと繋がっていられるかもしれない。

結局、それが今のマシュアルが抱けるたった一つの小さな希望だった。

（そうしたら絶対に可愛がるから。ヤーレフ様が俺を可愛がってくれたみたいに）

ヤーレフはたしかにマシュアルのことを可愛がってくれていたと思う。その気持ちは仔犬に対するようなものか……もしかしたら弟のようには思ってくれていたのだろうか。

ヤーレフは押し黙っていた。

彼なりに、少しは嫌だと思ってくれているようなのが、嬉しかった。世話係が替わること。

（もう二度と会えなくなること）

「どこの翼に行くんだ」

「二翼です」

「二翼……今の二翼か？」

「？　多分」

二翼に、今の二翼と昔の二翼があるのだろうか。

「……やめろ」

低く、唸《うな》るように彼は言った。

「え？」

「二翼はよせ」

「どうしてですか？　ええと……ニザール殿下に何か？」

「ニザールも問題ないわけじゃないが……あいつの後ろには、とんでもない悪魔がいる」

「悪魔……!?」

マシュアルは戸惑う。

「どんな目に遭わされるかわからない」

「で、でも……そんなこといわれても……できるわけないじゃないですか、俺の身分で、王子宮からの話を断るなんて」

「他の兄弟を紹介してやる。何とかして連絡を取って……そう、すぐ下の弟のサイードか、その下の同母弟ユーディウのところなら、きっと平和に暮らせる。あいつらなら二翼にも対抗できる」

「ヤーレフ様……」

気にしてくれるのは嬉しかった。マシュアルのためを思って言ってくれているのもわかる。けれども弟とはいえ他の男のもとに平気で送り出そうとするヤーレフの好意には、本当に恋愛感情は混じっていないのだと駄目押しされる。

（俺が誰に抱かれても、子供を産んでも、ヤーレフ様は……）

「だから行くな」

ヤーレフはそう言って、ふいにマシュアルを抱き

しめた。

（え……？）

何が起こったのか、すぐには理解できなかった。

（俺……今、ヤーレフ様に抱きしめられてる……？）

こんなふうにされたのは、これが初めてのことだった。マシュアルはひどく戸惑った。

けれども何故だか胸にあたたかいものがあふれ、じわりと涙が滲んでくる。

（俺、ずっとこうしてヤーレフ様に抱きしめてもらいたかったのかもしれない）

力強い腕と、伝わってくるぬくもりがたまらなく嬉しい。このまま離れたくないと思ってしまう。

でもそれは叶《かな》うはずのない願いだ。

「悪魔って誰のことかな？」

ふいに背後から聞こえた声に、マシュアルは飛び上がりそうになった。

恐る恐る振り向けば、独房の扉を開けさせ、入ってきたのはオマーだった。

「……ハリーファ」

ヤーレフが目を見開き、呟く。それがオマー大臣の名前だろうか。

オマーはふわりと顔を綻ばせた。こんな場面には似つかわしくない、無邪気と言ってもいいような美しい笑顔だった。

「ひさしぶりだね。ヤーレフ」

ヤーレフの表情が驚きから嫌悪に変わる。

「悪魔本人のお出ましか」

（え、オマー大臣が悪魔？）

親友だと聞いていたのは、嘘だったのだろうか。

ヤーレフは嫌悪感をあらわにしたまま、器用に笑みを浮かべた。

「これはこれは。オマー閣下。こんなところまでようこそ。いったい何しに来やがったのやら？」

「元気そうな顔が見られて嬉しいよ」

オマーはそれには直接答えず、房内を見回す。

「一番いい部屋とは言っても、さすがに狭苦しいね。牢だものね。調度も貧相……いや質素だし、揃ってなくて不自由そうだ。すぐに取り替えさせるよ」

「それはどうも」

ふつうの会話といえばそうなのかもしれないが、何故だかひどく寒々しい。

「でも別に間に合ってるから」

「それくらいさせて欲しいな。私たちは親友だったじゃないか。それに、今の私には造作もないことだ」

ヤーレフは鼻で笑った。

「たいそうな出世だそうだな。俺のおかげで」

「私自身の手柄だよ。でも、君が隙だらけだったおかげといえばそうかもしれないね」

（……もしかして）

ふと、マシュアルは思った。

ヤーレフが無実なのに投獄されることになったこととと、オマーは何か関係があるのだろうか？　つまりヤーレフを陥れたことで、彼は出世した……？

「でもありがとう。そう言ってもらえると、冥利に尽きるよ。昔は玉座に最も近いと言われたほどの君にね」

「まあ、そんな時代もあったな。王家の血筋でなければ、玉座に近づくことはできない。……残念だろ？」

「まさか。考えてもいないよ。……そんなことより」

オマーは首を振った。

「生活にはあまり不自由はなさそうだけど、次の世話係に希望はあるかい？　急にマシュアルをニザール殿下の後宮にもらい受けることになったから、せめてものお詫《わ》びにできるだけ便宜を図るよ」

（新しい世話係……）

勿論、もうマシュアルはヤーレフの世話をすることはできなくなるのだから、次が来ることはわかっていた。なのに具体的に突きつけられると、また胸を抉られる。

「君の好みはわかっているし、私が見繕ってもかまわないけれどね。ファラーシャほどの美人は無理としても、それなりの者を手配できると思うよ」

（ファラーシャ……？）

聞き覚えのない名前に、小さく引っかかる。

「新しい世話係なんかいらねーよ」

と、ヤーレフは言った。

「マシュアルを巻き込むな。俺への面当てなら、ほかの方法でやれよ」

（……ヤーレフ様）

今更状況を変えられるわけがないことはわかっていた。けれども、彼が新しい世話係は不要だと言ってくれたことが嬉しかった。

「へえ……？」

オマーは軽く目を見開き、そして細めた。

「ちゃんと面当てになってるんだ？」

ヤーレフが失敗した、という顔で小さく舌打ちした。

「可愛がっているとは聞いていたけど、君がそんなに嫌がるなんて、ずいぶん気に入っているんだね。ただの世話係ではなく、お手付きということか。……なのに二翼でもらい受けてしまうなんて、なんだか申し訳ないね」

科白と裏腹に、オマーは微笑う。

「そう思うなら置いていけよ。オメガなら他にもたくさんいるだろうが」

「そうはいかないよ。なんとしてもニザール殿下には玉座を継いで欲しいからね」

「数打ちゃ当たるってか。オメガ全員、手に入れるつもりか」

「勿論、それを視野に入れた上での第二性別検査だよ」

「アルファの男子は、オメガがアルファを愛するほど生まれやすくなると言うが……マシュアルがニザールを愛さなければ、せっかく囲っても無駄になるとは思わないか」

マシュアルには初耳だった。

（ニザール殿下を愛する……）

まるで実感が湧かなかった。

「たしかに君の母上は、国王陛下を愛して二人のアルファの王子を授かった。けれどそういうオメガばかりがアルファの王子を産んでいるわけではないし……迷信じゃないかな？　私は殿下のために、一人でも多くのオメガを手に入れたいんだ」

「ニザールを王にして、おまえが実権を握りたいだけだろ」

ヤーレフは鼻で笑った。

「順当にいけば、次期国王はイマーン兄上だったはず。それをおまえが横やりを入れて、例の勅命を出させたんじゃねーのかよ」

やれやれというように、オマーは首を振った。

「恐れ多いことを。勅命は陛下の御意志だ。もともと御自身も、第二王子でありながら、アルファの王子を多く儲けることで玉座を得られたかただからね。王統をアルファの男子で繋ぐことには並々ならぬこだわりをお持ちなんだろう」

「兄弟同士を争わせたかったんだろ。そのあいだは、誰も父上に反旗を翻したりしない。——おまえにもな」

「君のようにかい？」

「俺は何もしていない。おまえが一番知ってるだろうに」

沈黙が落ちた。

「マシュアル」

オマーはマシュアルを呼んだ。マシュアルははっと顔を上げた。

「お別れの挨拶は済んだかい」

「え……っ」

「まだなら、今済ませなさい。これからニザール殿下のところへ連れていくからね」

「なっ」

抗議の声をあげたのは、ヤーレフだった。

「いきなりすぎるだろ、それは……！」

「父親の了承は既に得た。何の問題が？」

「マシュアルだって、他にも挨拶したい友達とか、いろいろいるだろ!?」

　オマーはくすりと笑った。

「君のことだから、どうせ時間を稼いでそのあいだに手を打つつもりなんだろう？　同母弟のユーディウ殿下に連絡を取る？　囚われの君には無理だよ。連絡手段はすべて封じてある」

「はっ」

　ヤーレフは肩を竦めた。

「まだそんなに俺が怖いとはな」

　オマーの顔がわずかに強ばる。ヤーレフの言葉は図星だったのだろうか。

「――まさか。君にはもう何もできない。可愛いオメガを奪われようともね。あんなにも輝いていた君が、こんなに落ちぶれ、無力になるなんて、あの頃の誰が想像しただろうね」

　オマーはマシュアルを見下ろした。

「さあ、マシュアル。今日までのご主人様に最後の挨拶をなさい」

「……はい」

　しばらくのあいだ二人の会話に気を取られていたけれども、ヤーレフとはこれが最後になるのだ。再びそのことを思い出させられ、マシュアルは胸が詰まった。

「……ヤーレフ様。長いあいだ……お世話になりました。お世話したのは俺のほうですけどね」

声が震えた。

「俺がいなくても、毎朝ちゃんと決まった時間に起きて、好き嫌いしないで何でもちゃんと食べて、せっかく庭には出られるんだから、散歩ぐらいしてくださいね。お日様に当たらないと、健康に悪いですよ」

別れの言葉を告げていると、溢れるように思い出す。なかなか起きてくれないヤーレフ。髪をマシュアルの好きにさせてくれるヤーレフ。嫌いなものでも、口許まで運んで食べさせてやれば最後には食べてくれるヤーレフ。

何故だか泣き出しそうになるのを、マシュアルは必死で堪えた。ヤーレフとこれきり会えなくなるのが、こんなにも辛いなんて。

「それから……字を教えてくれたこと、……本を読んでくれたこと、お菓子をくれたことも……忘れません。……ありがとうございました」

マシュアルは深く頭を下げた。

ヤーレフは答えなかった。

それどころか、マシュアルのほうを見もしなかった。

（これで、最後なのに）

マシュアルはその横顔を見つめる。

「……すぐに次のお世話係の人が来ると思いますけど、……あまり困らせちゃだめですからね」

ぎりぎり泣き出すのを堪えたけれど、そこで限界だった。

マシュアルは牢を飛び出した。

通い慣れた廊下を走り、曲がり角まできて崩れ落ちる。

「……っ……」

蹲《うずくま》ってぼろぼろと涙を零《こぼ》すマシュアルに、ゆっくりと足音が近づいてきた。

「立ちなさい」

頬を拭い、マシュアルは立ち上がった。

オマーに背中を押され、歩き出す。

ヤーレフの独房から、何かを蹴りつけるかのような大きな音が聞こえた。

その途端、オマーが笑い出す。

やがてそれは哄笑《こうしょう》へと変わっていった。

4

孔雀宮——巨大な白亜の王宮。

裏に建つ「塔」の側からいつも眺めてはいても、城門の内側に入るのは初めてだった。

本宮の背後には、翼をひろげたようなかたちに八つの王子宮がある。

そのうちのひとつ、二翼へとマシュアルは連れて行かれた。

（ここが二翼……）

マシュアルはつい周囲をせわしなく見回してしまう。内部は天井が高く、広々として壮麗だが、どこか寒々しい。

「昔、ヤーレフが暮らしていた宮殿だよ」

「え……っ」

オマーの言葉に、マシュアルはひどく驚いた。

「孔雀宮の八つの翼は、アルファの王子にのみ与えられることになっている。嘗《かつ》て、二翼は第二王子ヤーレフのものだった。今はニザール殿下のものだけれどね」

「じゃあヤーレフ様の弟殿下は……？」

「ユーディウ殿下のことなら、彼はアルファの王子としては四番目になる。御母上とともに四翼へ移られたよ」

つまりヤーレフが地位を失ったぶん、他のアルファの王子たちが繰り上がり、住まいも移動したということだ。

「お二人にまでお咎《とが》めが及ばなかったのは、御母上への寵愛《ちょうあい》の賜物《たまもの》だろうね。もう、彼女もこの世にはないが」

（ここにヤーレフ様が……）

子供の頃のヤーレフは、どんな少年だったのだろう。広間を駆け回って遊んだりしたのだろうか。

いや、アルファの王子に与えられるということは、第二性別検査が終わってからになる。ヤーレフがここに住んだのは、もっと年嵩になってからか。

（ということは、あの人のことだから……）

女官を口説いたり揶揄ったりしていたのかもしれない。

「ヤーレフ様の部屋は、どこにあったんですか？」

ふと思いついて、マシュアルは聞いてみた。

「二階だよ。今は私の執務室として使っている」

「……そうですか……」

マシュアルは肩を落とした。できることなら見てみたかった。だが、オマーが使っているのなら、ゆるしてはもらえないだろう。

それからマシュアルは、二翼のオメガを取り仕切っている男に引き渡された。

「新しいオメガ、マシュアルだ」

「閣下自らお迎えにいかれたのですか？」

世話役の男は、ひどく驚いたようだった。

彼がわざわざマシュアルの家を訪れたのは、やはり特別なことだったのだ。

マシュアルがヤーレフの許で働いていたから。オマーはヤーレフに対して、今でも並ならぬこだわりを持っているから。

「いろいろついでもあったからね。あとは頼むよ」

「はい。承りました。——来なさい、マシュアル」

彼のあとをついて、薄暗い階段を降りていく。地下の廊下を奥へ奥へと進み、なんだか少し怖くなってきた頃、その部屋にたどり着いた。

扉には大きな鍵がついていて、部屋というより牢獄のようだった。しかもヤーレフのいた独房ではなく、塔に収監されている中でももっと身分の低い囚人の獄舎に、どこか似ていた。

室内には十人ほどの人がいた。みな一様に顔色が悪く痩せている。人数の割には狭く、片側に寝床が並べて設《しつら》えられ、残りの空間には絨毯と棚、大きな円卓くらいしか家具もない。

（この人たちは……？）

ちら、と男を見上げると、

「皆、おまえと同じオメガだ」

と答えが返ってくる。

「夜、呼ばれるまではここで過ごすように」

そしてオメガたちに向かって、

「新入りのマシュアルだ。仲良くやるように」

それだけ言うと、マシュアル残し、部屋を出て行った。

「……あの、マシュアルです。……よろしくお願いします」

マシュアルはオメガたちに挨拶をしてみる。彼らはマシュアルを見上げ、囁《ささや》きあっていた。

――新入りだ

――よかった。これで今夜は行かなくてすむ

「え……？」

「……新入りが来たときは、そいつが呼ばれることに決まってるんだ」

「ああ……」

なるほど、それでみんなほっとしているわけか。

「俺はラムジ」

「よろしく、ラムジ」

教えてくれた少年と挨拶を交わす。年頃も同じくらいだろうか。少しだけ緊張がほぐれた。

「あ……でもさ、もしニザール様に気に入られて、万が一にもアルファの男の子を産めたりしたら、側室とかになって出世できるんじゃないの？」

それを狙うオメガがいても不思議はないと思うのだが。

「美味しい話に騙《だま》されて来た口か」

「え？」

「ここはそういう場所じゃない。オメガは子供を産む道具だし、身籠もっているあいだは多少待遇がよくなるらしいけど、産んだら子供はすぐに取り上げられる」

「そんな……」

信じられず――信じたくなくて、マシュアルは眉を顰《ひそ》めた。

「……もしかして、これまでにもそんなことが……？」

ラムジは頷いた。

「子供を産んですぐに亡くなってしまったみたいだけどね」

想像以上にひどいところのようだ。

二翼の後宮に入れと言われたときは、身分は低くてもニザール王子の妾《めかけ》のような立場になるのかと思っていたけれども。

（そういえばヤーレフ様が言ってたっけ……どんな目に遭わされるかわからないって……）

「あの……ニザール様ってどんな人？」

「どんなってほど知らないけど、癇癪《かんしゃく》持ちだから気をつけたほうがいい。粗相があったら、外国に売り飛ばされるからな」

「…………」

確信的な言いかたに、実際に起こったことなのだと察せられた。

急速に不安が募る。いったいどういう扱いを受けるのだろう。

「そんなに青くならなくても、おとなしくしてれば大丈夫だよ。余計なことは喋《しゃべ》るなって、どうせ世話役に言われるしな」

と、ラムジは安心させようとしてくれる。

けれど新入りが呼ばれるということは、つまり今夜すぐにマシュアルが召《め》されるということだ。

覚悟してきたはずなのに、胃の腑《ふ》が胸に迫《せ》り上がる。

（まだ発情期も来てないのに）

性行為ができないわけではないのだろうが……発情していれば、わけがわからないうちに終わってくれるのかもしれないのに。

それだけでも恐ろしいのに、ニザールの機嫌を損ねれば、売り飛ばされてしまうという。

（どうしたら……いや、でも……ヤーレフ様の弟なんだし、そんなに悪い人じゃないはず）

マシュアルはそう思おうとする。

（……あの人に抱かれるようなものなんだと思えば……きっと）

（や、やっぱだめだ……！）


扉が開き、男が姿を現した瞬間、ベッドの上で待っていたマシュアルは無意識に後ずさっていた。

けれどそんなことにはかまわず、彼は無造作に近づいてくる。

距離が近くなると、枕許に灯《とも》された明かりで、薄暗さの中でも彼の姿が見えた。

ヤーレフよりだいぶ小柄で、艶《つや》のないくすんだ金髪、だろうか。瞳は灰色に見える。

マシュアルはヤーレフに似たところを探そうとしたが、よくわからなかった。

（この人がニザール殿下……）

ニザールはふて腐れたような顔でどさりと寝台に腰を下ろし、マシュアルに手を伸ばしてきた。

「っ」

マシュアルは思わずまた後ずさった。背中が壁に突き当たる。

ニザールは寝台の上に上がってきた。

マシュアルは枕を抱き締め、寝台の一番端で蹲った。

「おまえ――」

苛立《いらだ》ったように、ニザールは言った。

まずい。このままニザールを怒らせたら、売り飛ばされてしまうかもしれない。

狼狽《ろうばい》のあまり、マシュアルは口走った。

「あのっ……！　俺まだ発情してないんです……！」

「だから何だ」

「は、発情してからにしてもらえませんか……!?」

「別に発情してなくてもできる」

ニザールは淡々と答えた。

「で、でも、発情してないと、子供は産めませんよ……！　それまでは、……それまで、……お互いを知り合いませんか……!?」

「はあ……？」

苦しまぎれの言葉に、ニザールはぽかんと口を開けた。彼が初めて見せた「不機嫌」以外の感情だった。

「……何を言ってるんだ、おまえは」

「いや、あの」

「互いを知り合う？　俺がオメガなんぞに興味を持つとでも思っているのか？」

「で……ですよね……」

ふと、ヤーレフと初めて会ったときのことを思い出す。

（あの人は俺の名前を聞いて、頭を撫でてくれた）

彼も別に、世話係の子供などに興味はなかっただろうに。

ニザールはまた無造作に手を伸ばしてくる。マシュアルはびくりと身を固くし、とにかく彼の気を逸らそうとした。

「で、でも俺はニザール様に興味あります……！」

「ぼくに？」

こくこくとマシュアルは頷いた。

「ぼくがアルファ第二王子ニザールだということは知ってるだろう」

「でもそれしか知りません……！」

ふと、ニザールの動きが止まった。彼は虚を衝《つ》かれたような顔をしていた。

「……他に何が知りたいんだ」

（え……？）

想像と違う反応だった。

（おまえに話す必要はないとか、言われるかと思ってた……）

それか、無視されるか。

「あ、あの……」

戸惑いながら、マシュアルは口を開く。

本当は、ニザールに聞けるものなら一番聞きたいのは、ヤーレフの昔話だった。彼がどんな少年だったか、ニザールなら知っているだろう。けれども今それを問うわけにもいかない。

「……子供の頃のこととか……」

「はあ？」

「あ、あの、なんでも……！　今考えていらっしゃることとかでも」

「何故そんな話をおまえにしなきゃならないんだ？」

（あ、やっぱり……）

「ですよね……」

ニザールはまた手を伸ばしてくる。マシュアルは避ける。

「じゃ、じゃあ俺がお話をします……！」

「は？」

ニザールは怪訝《けげん》そうに眉を寄せた。

「あの、千夜一夜ってご存じですよね。あんな感じで……」

ニザールの眉間に更にきつく皺が寄った。それが毛を逆立てた猫のように見えて、マシュアルは彼を怒らせたことを悟らないわけにはいかなかった。

「ぼくがシャフリヤール王のような暴君だとでも言うつもりか!?」

「ち、違いますっ！　俺、あまりお話とか知らないから……！」

「不愉快だ！」

ニザールは怒鳴りつけた。

そして立ち上がり、憤然と部屋を出て行ってしまう。

「ニザール様……！」

ばたんと音を立てて閉ざされた扉を、マシュアルは呆然と見つめた。

何がニザールの逆鱗《げきりん》にふれたのか、よくわからなかった。

（そういえば、癇癪持ちだってラムジが言ってたっけ……）

とにかく、今夜はニザールに抱かれなくていいようだ。

そのことにほっとしたのは否めないが、このまま無事に済むとも思えなかった。

（……ニザール様に気に入られなかったってことは、もしかして売り飛ばされるんじゃ……）

恐ろしさに寒気がした。

素直に抱かれておけばよかった。

そう思いはするものの、思い出せばやはり嫌悪感が先に立つ。堪えきれずに暴れてしまっていたら、やはり同じことだったかもしれない。

（ど……どうしよう）

売られる前に、逃げる？

今、マシュアルはひとりだ。今ならば逃げられるのではないだろうか。

思いついて、そっと扉を開けてみる。

見る限り、廊下には見張りを含めて誰もいなかった。

マシュアルは恐る恐る部屋の外に出た。

ニザールを迎えた部屋は、二階にあった。まず階下に降りて……正面玄関からはさすがに無理だろうから、裏口を探さなくてはならない。

そう思いながらふと窓の外を見て、二翼の門の内外に、剣を持った見張りがいることに気づいた。

（そりゃいるよな……）

マシュアルはため息をついた。どこかに無人の出入り口があるのかもしれないが、何の情報もなく逃亡を図るのはやはり無謀と言わざるをえない。

（そう簡単に逃げられるわけないよな）

けれどもせっかくの機会だから、ヤーレフの暮らした城の中を見たい。売り飛ばされたらもう見られないのだ。

（ヤーレフ様は、この廊下も通ったのかな？　通ったよな、毎日）

ふらりと歩き出す。

（この窓から外を見たり……）

砂漠ではあっても、前庭には緑が美しく植えられている。この景色をヤーレフもきっと日々見ていたのだろう。

（ヤーレフ様の部屋って二階のどこだったんだろうな。聞いておけばよかったな）

推理できるような材料を何か聞いたことがあるのかもしれないが、ほとんど思い出せなかった。

ふと、門の向こうから豪華な馬車が近づいてくるのに気づいたのは、そのときだった。

（誰か帰ってきたみたい？）

馬車は門をくぐり、やがて正面玄関の前に停まる。

降りてきたのはオマーだった。

マシュアルの視界から消えると、玄関の開く音が微かに聞こえた。

マシュアルは慌てて元の部屋へ戻った。

足音が廊下を通り過ぎていく。

わずかに扉を開けてみると、オマーが奥の部屋へと入っていくところだった。

（……たしかヤーレフ様の部屋だったところは、今はあの人が使ってるって言ってたよな?）

ということは、ヤーレフの部屋はあそこだ。

それがわかって、マシュアルはなんだか少し得をしたような気持ちになった。

「マシュアル」

翌日の夜、マシュアルは世話役の男に呼ばれた。

「は、はい」

「出ろ」

「え、あの」

もしかして、早速売られることになったのだろうか。

予想していたこととはいえ、マシュアルは全身がさっと冷たくなるのを感じた。

促され、部屋を出て、小姓についていく。

けれども湯浴みをさせられ、着替えさせられて、昨日と同じ手順で連れて行かれたのは、昨日と同じ部屋だった。

首を傾げながら待っていると、ニザールが姿を現した。

彼はどさりと寝台に腰を下ろした。

「……なんだ?」

呆然とニザールを見つめるマシュアルに、ニザールは言った。

「い、いえ……またお召しがあるとは思わなかったので……」

ふん、とニザールは顔を背けた。

「おまえの話を聞いてやる」

「え?」

「今までたくさんのオメガと床をともにしてきたが、千夜一夜をやろうなんて言った馬鹿はおまえくらいだ。ぼくもあれを全部読んだわけじゃないし、聞いてやってもいい」

　思いもしなかった展開だった。自分から持ち出した話ではあるが、ニザールが本当に千夜一夜に興味を持つなんて思わなかったのだ。

「どうせセックスなんか飽き飽きしてたんだ。ハリーファが毎晩やれっていうから、しようがなくやってやってるだけで、何も面白くない。どのオメガもみんな同じだ。震え上がって固まってるか、発情して獣みたいになってるだけだ」

　ハリーファ、というのはオマーの名前だろう。ヤーレフもそう呼んでいた気がする。

「ニザール様……」

　ニザールはオメガを犯すことを楽しんでいるのかと思っていた。けれどそうでもなかったのだろうか。

「おまえみたいなのは初めてだ」

　ぼそりとニザールは呟いた。

　マシュアルはその言葉に少なからず驚いた。

　マシュアルがしたことといえば、千夜一夜のことを話しただけだ。その程度の交流さえ、今までオメガと持ったことがなかったのだろうか。

（いや……それはそうか。俺だって怖かったし）

　これから何をされるのかと思うと。

　そして粗相があれば売り飛ばされるとか、ニザールは癇癪持ちだからおとなしくしていろとか言われ、たとえ子供を産んでも状況は少しも改善しないとなれば、オメガたちが殻に閉じこもるのも当然だった。

　マシュアルが他のオメガと違っていたのは、ヤーレフに長く仕えていて王族に耐性があったことと、ニザールに対しても、見ず知らずの男ではなく「ヤーレフの弟」として多少の親しみを感じていたことだろうか。

（もしかしたらニザール様って、意外と寂しい人なのかな……？）

と、マシュアルは思う。

「でも……だったら、どうしてオマー様の言うことを聞いてるんですか？」

「ああ？」

ふと思いついたままに口にすると、ニザールは不機嫌そうに問い返してきた。

「ニザール様は王子様だし、オマー様より偉いんじゃないんですか？」

「それはそうさ。王子と言ってもただの王子じゃない、アルファの王子なんだからな」

「だったらどうして」

「……アルファの男子を産ませなきゃならない。ハリーファはオメガを連れてこれるし、それに後ろ盾は必要だからな」

「後ろ盾……」

「あいつは母方の従兄なんだ。昔からできるやつで、絶対アルファだと思ってた。でもベータだった。ざまあみろだ」

「オマー様ってベータなんですか……」

それもまた、マシュアルにとっては意外だった。容姿の美しさや権高な振る舞いのせいか、オマーもアルファなのかと思い込んでいた。

（考えてみれば、アルファって希少なんだもんな……）

ヤーレフに続いてニザール、二人もアルファの王子に出会ってしまったために、マシュアルの中で価値観がおかしくなっていたらしい。

「なんだよ、その目は」

突然、ニザールの声が低くなった。

「えっ」

「おまえも、ぼくのほうがよっぽどアルファらしくないと思っているのか!?」

　いきなり思ってもいない濡《ぬ》れ衣《ぎぬ》を着せられて、マシュアルは仰天した。

「え、ち、違います……！　誤解です!!」

「はっ、どうだか……！　昔からそうなんだ。たとえぼくが玉座を継いだって、どうせろくな王にはなれないと思っているんだろう。できの悪いアルファで悪かったな！　だけど今一番多くのオメガを持っているのはこの二翼だ。父上は、最初にアルファの男子を産ませた王子に玉座をくださる。わかるか？　『アルファの王子に』だ！　いくら有能でも、オメガを集められても、ハリーファは王にはなれない！　残念だったな！」

　ニザールはせせら笑った。

　マシュアルは、彼の感情の起伏の激しさについていけなかった。

（昨日といい今日といい、癇癪持ちだっていうのは本当なんだな……）

　シャフリヤール王の話のときもちらっと思ったが、ニザールには何か拭いがたい劣等感のようなものがあるのだろうか。

　だが、このまま彼を怒らせておいては、今度こそ売り飛ばされてしまうかもしれない。

（せっかく逃れられたのに）

　それはいやだ。なんとかニザールの機嫌を取り結ばなければならない。

「あの……」

　恐る恐るマシュアルは口を開いた。

「ニザール様はおやさしいです」

「はあ？　何を言ってるんだ、おまえは！」

「す、すみません……っ」

　唐突な言葉を咎められ、マシュアルはびくりと身を縮めた。ニザールがまた出て行ってしまうかと思った。だがややあって、彼は問い返してきた。

「……ぼくのどこが」

「あの……昨日粗相をしたにもかかわらず、今日も呼んでくださいました。もしニザール様が呼んでくださらなかったら、俺は売り飛ばされてしまったかもしれません」

「ただの気まぐれに、大げさだな」

「ニザール様にとってはただの高貴な人の気まぐれでも、そのおかげで俺は助かったんです！」

「ふん」

　鼻で笑いながらも、心なしかニザールの機嫌は少しよくなったような気がする。

（よし、この調子で……！）

「それに、ニザール様は美形ですし……っ」

　まだ会ったばかりで外見しか褒められるところがないのが苦しいが、よく見るとニザールは少しだけヤーレフに似ているような気もしてきたのだ。目や髪の色は違っても、鼻梁《びりょう》の高さや薄いがかたちのいい唇などに、少し彼の面影がある。

「庶民とは違うからな」

「ですよね！」

（効いてる！）

　彼の機嫌はうなぎ登りだ。

（な……なんか意外と単純な人なのかも？）

　癇癪持ちというのも、つまりそういうことなのかもしれない。

　マシュアルはなんだかニザールを憎めなくなってくる。

　聞きかじった噂《うわさ》から、ひどい男だと想像していた。けれど、そうでもないのかもしれなかった。

（ヤーレフ様の弟だもんな）

　ヤーレフのことだって、最初はどうしようもない男だと思っていたのだ。でも違った。実際には、とても優しいところのある人だった。

「話せ」

　と、ニザールは言った。

「面白くなかったら首を刎《は》ねてやる。シャフリヤール王のようにな」

「はい！」

にっこり笑ってマシュアルは答えた。

5

毎晩ニザールの寝所に呼ばれては、千夜一夜の物語を語る日々が続いた。

売り飛ばされることもなく、情交を強いられることもない。ニザールはベッドで寝そべって聞いている。その怠惰な雰囲気も、少しヤーレフに似ている気もする。

楽でいいけれど、なんだか不思議だった。

そしてマシュアルを悩ませたのが、早々に訪れたネタ切れだった。千夜一夜を読むには読んだ——読んでもらったが、きちんと覚えている話はそれほど多くなかったのだ。

「ええと……ええと」

「こんなに早く詰まるとはな。思った以上に馬鹿だな、おまえ」

「うう……」

ニザールは冷笑する。

「首を刎ねるとしようか」

「待って！　……ください」

「あと十数えるあいだだけ待ってやる。一つ、二つ……」

「だめ、首だけは勘弁してください、死んじゃいます……っ」

尻を叩かれたほうがましだ。

「ははは」

ニザールは声を立てて笑った。そんな彼を見るのは初めてで、マシュアルは目を見開く。

「なんだ？」

「え、いえ……」

「思い出せないなら、ほかの話をしろ」

「ほか……というと……」

ヤーレフにはたくさんの話を読んでもらった。その中から何か……ニザールはどんな話が好きだろうか。

マシュアルが頭を巡らせていると、ニザールは言った。

「おまえのこととか」

「え？ 俺のことですか？」

どういう風の吹き回しだろう。

「俺のことなんか、興味ないんじゃなかったんですか？」

「……っ、知り合うべきだっておまえが言ったんだろうが。責任をとれ！」

ニザールはまた軽く癇癪を起こすが、今のマシュアルにはその中に少しばかり照れが混じっていることがわかる。つい喉で笑うと、ニザールは忌々しそうに舌打ちした。

「……でも俺のことなんか、別に面白くないですよ？ 変わったこともないし」

「いいから話せ」

「では……ええと、父は一応下級の貴族で、監獄を管理する仕事をしていました。あまり豊かではなかったですが、母と俺は借家に住まわせてもらってました」

「……？ ふつうの家では、父親も一緒に住むものじゃないのか？」

「あ……母は正式な妻ではなかったので……。でも、住むところとお金も少しもらっていたので、父の妻子の中ではましなほうだったと思いますよ」

「金もないのに女を囲うとは、おまえの父親はろくなもんじゃないな」

ニザールはせせら笑った。マシュアルもそう思わないではなかったので、反論する気にはなれなかった。

「オメガだといつわかった？」

「最近です。国王陛下の勅命が出てから、二翼ではすべての少年に第二性別検査を受けさせたでしょう」

「ああ、ハリーファがやってたやつ」

ニザールは吐き捨てた。オマーのことを話すときは、いつもこうだ。マシュアルはそれが少し気になっていた。

「親戚なのに、オマー様のこと嫌いなんですか？」

「はっ、好きなやつなんかいないだろ」

と言われても、オマーやその周囲のことをマシュアルはほとんど知らない。だが、彼とヤーレフの会話を思い出しただけでも、ニザールの言葉には納得できるものがあった。

「兄弟は？」

「母には俺だけです。父にはほかにも子供がいるみたいなんですけど、よく知らなくて」

「腹違いの兄弟なんて、どこもそんなものかもな」

ニザールの口から兄弟の話題が出たことに、マシュアルは思わず食いついた。

「ニ……ニザール様のご兄弟は？」

「大勢いる。父上はアルファの王子を産ませるために、やたら子供をつくったからな。顔も名前も覚えてないやつがほとんどだ」

「そうなんですか……」

「はっきりわかるのは、同じアルファの兄弟たちだけかもしれないな」

その中の一人がヤーレフだ。

「仲のいいご兄弟とかいらっしゃるんですか？」

ちょっとでもヤーレフのことを聞きたくて、マシュアルは話を振ってみるけれども。

「いるわけないだろ、あんなやつら」

ニザールはにべもない。

「……ご兄弟のことも嫌いなんですか？」

「当たり前だろう！　あいつらが悪いんだ、ぼくのことを馬鹿にするから……！」

「馬鹿に……？　どうして」

「そんなこと知るか」

「ニザール様……」

　ニザールの劣等感の源は、そのあたりにあるのだろうか。

「父上にとっては、後宮も政治だった」

　と、彼は呟いた。

「アルファの男子を産ませるために、寵愛するのはオメガの男子ばかりだった。母上はオメガだけど、女性だったからあまり寵愛されなかった。ただ、オマー家の親族だったから蔑《ないがし》ろにまではされてなくて、ぼくが生まれた」

「……よかったじゃないですか、アルファの王子を授かるなんて、凄《すご》く幸運だし栄誉なんでしょう？」

「生まれたときからアルファかどうかなんて、わかるわけないだろ。……子供の頃は、もっと優秀だったらねえって母上にはよく嘆かれてた。一人きりの息子がこんな子だなんて、と」

「ひどい……」

　母親が言っていいことではない。

「たしかにぼくは兄弟たちの中でも出来がいいほうじゃなかったからな。母上のお嘆きもわかる。……でもぼくはアルファだった！　母上も今はぼくを誇りにしてくださる！　ぼくたちは勝ったんだ!!」

「よかったですね」

「まあな」

　ニザールはそう言ったが、マシュアルは複雑だった。

　アルファだとわかったから急にてのひらを返すなんて、それは「よかった」のだろうか。ずっと子供に対して冷たいままよりは、まだましなのかもしれないけれども。

「アルファでさえあれば、二翼の後ろ盾にはオマー家がいる。ハリーファは父上の優秀な側近で、宮廷で絶大な力を持っている。二翼は安泰だ。あいつの言うとおりにしてアルファの男子を産ませれば、王にだってなれるかもしれない」

「そうですね」

「……逆に言えばそれしかない」

「ニザール様……？」

彼の口調がふいに変わった気がした。ニザールは目を伏せて呟いた。

「……女の子が生まれて……」

「え？」

思わず覗《のぞ》き込む。ニザールははっとしたように顔を逸らした。

「……いや、なんでもない」

「でも」

「――アルファだとわかったからって、いきなり頭がよくなるわけじゃないからな。勉強しても成績は上がらなかったな」

今、ニザールは何を言おうとしたのだろう。ひどく気になる。けれどもあからさまに話を逸らされ、問い詰めるわけにもいかなかった。

「あ……あの、わかります。俺もなかなか字が覚えられなくて」

「たしかにそんな顔をしているな」

「ひどい……！」

ニザールは、今の話を忘れたように笑った。

「今はちゃんと、けっこう難しい単語だって読めるし書けるんですよ!? ヤーレフ様が熱心に教えてくださって……」

「ヤーレフ？」

ニザールは聞き咎めた。

俄《にわか》に表情が険しくなった。

「ヤーレフ兄上の知り合いなのか……？」

「あ……」

別に隠していたわけではないし、口止めされてもいない。ただなんとなく言わないほうがいいような気がして、これまで黙っていたのだ。

　だがこうなると、もう下手にごまかさないほうがいいだろう。

「父は今、塔の監獄長をしてるんです。その関係で、俺がヤーレフ様の世話係を仰《おお》せつかって。……ニザール様？」

「ヤーレフの妾だったのか」

「えっ？」

　マシュアルは慌てて否定した。けれども何故だか頬がぽっと熱を持つ。

「まさか……！　違います！」

「ぼくにやさしくしたのもヤーレフの弟だからか」

「いえ、そんなこと」

ない、わけではないけれども。

　それにしてもニザールの中で、マシュアルのしたことが「やさしくした」と認識されていたことに驚いた。

「おかしいと思ってたんだ。王子のぼくを前にして、畏怖しないオメガなんて今までいなかった。なのにおまえは最初から妙になれなれしかった。ヤーレフを知っていたからだったんだな」

「それは……」

「二人してぼくを馬鹿にしてたのか。アルファとは思えない出来損ないだって」

「そんな、してません……！」

　マシュアルは首を振った。

「ヤーレフ様だって、そんなことひとことも」

「ひとことも？」

　とは言えないかもしれない。マシュアルが二翼の後宮に入ることになったとき、ニザールにも問題がなくもないとは言っていた。でもそれだけだ。

「答えろ。ぼくは今のヤーレフに似ているのか？」

「え、……少し」

「美形だっていったよな。どうせヤーレフのほうが美形だろう。似ているとは言っても」

「それは……」

否定すべきだったんだろう。だが嘘はとっさには出てこない。

「でも残念だったな。おまえだってたいして可愛くはないんだからな。ヤーレフはおまえなんか相手にしやしない。王族の中でも一番の美人だった従弟といい仲だったんだ。いろいろあって引き離されたけど、あれくらい美しくなきゃ、せいぜい遊ばれて終わりだろうよ」

マシュアルの脳裏に、前の世話係だった女性が浮かんだ。彼女も美人だった。

自分がヤーレフの眼中にないことくらい最初からわかっている。そもそももう二度と会うこともできないのに、何の意味もないことだ。

そう思うのに、ヤーレフをよく知っている男の言葉は、マシュアルの胸を深く抉った。

ぼんやりとニザールを見つめていたマシュアルは、どんな顔をしていたのだろう。

ふいにばしっと音がして、頬に鋭い痛みが走った。ニザールに叩かれたのだとわかった。

「馬鹿にするな……！」

はっと我に返ったときには、ニザールは既に部屋を出て行ったあとだった。

6

再び取り残されて、マシュアルはため息をついた。

(なんでニザール様は怒ったんだろう)

ヤーレフの話をしたのが悪かったようだが、何がいけなかったのか、はっきりとはわからなかった。

(この頃、けっこう仲良くなれてたのにな)

そして何より、ヤーレフが美しい従弟と恋をしていたという話が、なんだか心に重かった。

(だからどうって話でもないんだけどな。……それに、どうせもう会えないんだし)

今頃、ヤーレフは塔でどうしているだろう、と思う。

新しい世話係は来ただろうか。

(来てるよな……。どんな人だろう)

オマーは美人を見繕うと言ったが、ヤーレフは断ったから、やっぱりまた年若い男の子になったかもしれない。

(意地を張ったりするから)

今頃は後悔しているだろうか。そう思うと、ちょっと気の毒だった。

(でも自業自得だよな)

そもそも、独房で淫らな真似なんてしなければよかったのだ。そうすれば、世話係はずっと美女のままだったのに。

(俺があの人に会えないのと同じように、あの人も美人の世話係には会えない。恋人だった美人の従弟にも、平等に会えない)

ざまあみろ、と思う。

(新しい世話係と俺と、どっちが気に入るのかな……?)

とりとめもなく考えていると、更に胸が苦しくなってくる。

振り払うように、マシュアルはベッドから立ち上がった。

「そうだ、ヤーレフ様の部屋に行ってみよう!」

一人になった今ならできる。

オマーがいれば無理だが、あれからそれとなく気配を窺《うかが》っていたところでは、彼は二翼にずっと暮らしているわけではなく、たまにしか帰ってこないようだった。

マシュアルは廊下へ出て、周囲に気をつけながらヤーレフの……今はオマーの部屋へ向かった。

両開きの扉の外からそっと気配を窺い、中に人気がなさそうだと判断して、忍び込む。

「わぁ……」

小さく声が漏れた。

とにかく広い部屋だった。オメガたちが十人閉じ込められている部屋の何倍もある。

正面一面にとってある窓は、昼間だったらどれほど見晴らしがいいだろう。その下は部屋の三方をぐるりと囲むソファになっていた。大理石と金箔《きんぱく》の透かし彫りで飾られた壁の装飾も美しく、重そうな蒼い絨毯が敷き詰められている。

室内はいくつかにゆるく仕切られていて、垂れ壁の向こうは書斎や寝室になっているようだ。

(王子だった頃、ここで暮らしてたって……)

可愛い子供部屋のようなものをなんとなく想像していたが、全然違っていた。

アルファの王子こそが王子宮の主《あるじ》であり、この部屋は主の部屋なのだとマシュアルは悟った。

塔の独房もそれなりに立派だと思っていたけれども、この部屋とくらべたら落差がありすぎた。

——一番いい部屋とは言っても、さすがに狭苦しいね。牢だものね。調度も貧相……いや質素だし、

そろってなくて不自由そうだ
などとオマーが嫌味を言っていたことを思い出す。

（今はオマー様の部屋なのか……）

ニザールの部屋ではないということが、オマーこそが二翼の王子のような立場にいるのだということを物語っていた。少なくともここは、マシュアルがニザールの伽をするために通っている部屋とは、比較にならないほど豪華だ。

マシュアルはゆっくりと部屋の中を歩き回った。

書斎ばかりではなく寝室にも本棚があった。

（ヤーレフ様の頃からこうだったのかな？）

その背表紙の文字が読めるのは、学習の成果だ。

（とは言っても、ヤーレフ様の本じゃないんだろうけど。……ん？）

ヤーレフが最初の頃に話してくれた物語のタイトルを見つけて、マシュアルは手を伸ばした。もしかしたら、これはヤーレフの本だったのではないかと思ったからだったのだが。

「え……？」

中に書いてあったのは、物語ではなかった。文章でさえない。

（何これ、名前と金額……？）

扉の開く音が聞こえたのは、そのときだった。

（帰ってきた……!?）

マシュアルははっと本を棚に戻し、逃げだそうとした。

だが垂れ壁で視界が遮られているとはいえ、寝室より奥の部屋はない。

「……ここで何をしている？」

戻ってきたオマーに見つかり、マシュアルは震え上がった。

「……あ、あの……」

言い訳の言葉も出てこない。主人の留守にこっそり部屋に忍び込むなんて、どんな罰をあたえられるかわからない。今度こそ売り飛ばされるかもしれない。

「ヤーレフの部屋だった部屋を、見てみたかった？」

見透かされ、マシュアルはこくこくと頷いた。

「す……すみませんでした……！」

頭を下げ、退出しようとする。

けれどもオマーはマシュアルの腕を摑んで止めた。恐る恐る、マシュアルは彼の顔を見上げる。薄く笑みを浮かべた顔が怖かった。

「ニザール殿下に、まだ抱かれていないようだね」

指摘され、マシュアルは息を呑んだ。

（ばれてる……）

ニザールが言ったのだろうか。言わなかったとしても、何日も続けて召されながら寝台に何の痕跡もないのだから、疑われる隙はいくらでもあった。

「どうして？」

「……あの……まだ発情期が来てないので……」

「発情期のオメガがいなければ、そうでないオメガを我慢して抱くように、殿下には言ってあるんだけどね。子供はできなくても、慣らしておくに越したことはないし」

やはり命令する側にいるのがオマーなのだと伝わってくる話しかただった。

「ニザール殿下がおまえを抱かなかったのは、気に入らなかったからか、それとも……それほど気に入ったからか？」

「わ……わかりません……」

「ニザール殿下を懐柔するとは、さすがヤーレフの可愛がっていた子だ。ヤーレフのことは、どんなふうに誘惑したのかな？」

「し、してません……っ」

「じゃあヤーレフのほうから手を出したのか。王宮にいた頃は、こんな子に手を出すような男ではなかったのに、牢獄は寂しいところらしいね」

ヤーレフとは勿論、何もなかった。寂しい牢獄にいてさえ、ヤーレフからは対象外だったのだ。そのことが一瞬、マシュアルの言葉を詰まらせる。

それをどう受け取ったのか、オマーは気に入らなかったようだった。

「この二翼では、一年たっても身籠もれないオメガは売り飛ばすことに決めているんだ。……売り飛ばされたいかい？」

マシュアルはぶるぶると首を振った。

「じゃあ、売り飛ばすかわりに罰をあたえよう」

彼は本棚に置かれていた美しい装飾の箱を取り出し、蓋を開けて見せた。中に入っていたのはゼリーのような液体の入った壜《びん》と、柄のついた鉄製の細い筒のようなものだった。

「そ、それは……？」

何なのかわからないのに、ひどく禍々《まがまが》しく思えた。

「発情促進剤だよ」

「は……発情促進剤……!?」

「あるところから手に入れたものを元に改良した、試薬だ」

そんなものが存在するのか。

オマーは液体を筒に充填する。

「発情の時期を調整できれば効率的だろう？　これを施して、ニザール殿下に……と、思ったけれど、気が変わった」

「え……？」

「あのヤーレフの眼鏡《めがね》にかなった――と言っていいものかどうか――子を、試してみたくなった。ひさしぶりにね」

「……!?」

マシュアルは驚愕した。

（試す……もしかして犯すってこと!?）

以前にも彼は、ヤーレフの恋人と寝たことがあったのだろうか。

「あの頃のヤーレフは怒ったことなどなかったけれど、おまえの場合はどうだろうね？」

怒るわけがない。知ることもないだろうが、知ったって嫉妬などしてくれるわけがなかった。マシュアルはヤーレフの恋人ではない。

（でも、いやだ……！）

オマーに犯されたくない。

無謀にも逃げ出そうとしたが、再び腕を掴まれた。そのままベッドに突き倒される。細身の身体からは信じられないような力だった。

「どこへ逃げようというんだ？」

「……っ」

逃げる場所なんてない。部屋を飛び出したって二翼の中だ。警備兵に捕まって連れ戻されるだけだ。

押さえつけられ、片脚を抱えられる。

「ひっ――!!」

筒を後ろの孔に突き立てられる。裂けるような痛みに、マシュアルは悲鳴をあげた。必死で身をよじっても逃げられず、冷たい筒は更に奥へと進んでくる。そして何かどろりとしたものが、中へ広がっていくのを感じた。あのゼリーのような液体を注入されたのだとわかった。

「あ、あ、あ……」

嫌悪感に鳥肌が立つ。

「以前のものは、効果が出るまで少し時間がかかるのが残念だったんだけどね、これはだいぶ時間短縮に成功してるはずなんだ。効いてくるまで少し楽しもうか」

そう言いながら、オマーはマシュアルのトーブを捲《まく》りあげた。

「貧弱だな。肋《あばら》が浮いてるじゃないか。こんな身体に手を出すなんて、ヤーレフもずいぶん不自由したとみえる」

「……俺とヤーレフ様とは、何も……っ」

乳首にふれられ、マシュアルはびくりと身を縮めた。

「ヤーレフはここにさわるのが好きだろう？」

「知らない……っ、あ」

「それにしては敏感なようだけど……それとも、もう薬が効いてきたのかな？　効果にはかなり個人差があるそうだからね」

（……こんなふうに発情なんて）

マシュアルはまだ自分の身に起こっていることが信じられなかった。

無理矢理発情させられて、思いもしなかった相手、しかもヤーレフの仇敵《きゅうてき》に犯されることになるなんて。

「やだ……っ、放してください……っ！」

「いくら抗《あらが》ってくれてもかまわないよ。むしろそのほうがそそるね」

両手を頭の上で押さえつけ、白い手で肌を撫でる。

小さく縮こまってしまっていたものをその手で握られ、マシュアルは息を呑んだ。そんなところを他人にふれられるのは、生まれて初めてのことだった。

「やだ……っ」

「暴れたら握りつぶすよ」

「……っ」

マシュアルは凍りついた。この男なら本気でやるだろう。しかも楽しんで。

「このベッドはね」

オマーはマシュアルのものを弄《もてあそ》びながら言った。

「ヤーレフのものだったんだ。この部屋に女を連れ込んでいたこともあったよ。陛下の御寵愛が深かった母君のもとで甘やかされて、少年時代からひどく奔放でね」

女を抱くヤーレフの姿を無意識に想像してしまう。

「ひっ……」

囁きながら乳首を舐めあげられると、思わず声が漏れた。

「窓から……そこの木の枝を伝って、よく抜け出したりもしていたよ。どこへ出かけていたのかは、推して知るべし、だね」

こんなときなのに、身軽に窓を乗り越えるヤーレフの姿が鮮やかに目に浮かんだ。マシュアルの脳内で、少年の頃のヤーレフはやんちゃで可愛い。

「決して褒められない素行にもかかわらず、母君への御寵愛もあって国王陛下にも一目置かれていたね。長男のイマーン殿下があまり意欲的な性格ではなかったのもあって、次の王はヤーレフじゃないかとも言われていた。陛下御自身も長男ではなかったしね」

「……っ……」

扱《しご》かれると、ぞわりと生理的な戦慄が走る。

「悦くなってきた？」

マシュアルは首を振った。

「こっちのほうがいいかな。……オメガだものね」

後ろの孔に、ずぶりと指を突き立ててくる。

「ひっ」

ゼリー状の液体によるぬめりのせいか、痛みはさほどでもなかった。けれどもひどい悪寒が背筋を駆け抜ける。そんなところに挿《い》れられるのは、勿論初めてのことだった。指とはいえ、たまらない異物感だった。

「気持ちいいかい？」

マシュアルは再び激しく首を振る。まさか、と言いたかった。

「本当に？」

オマーはマシュアルの中でぐちぐちと指を動かした。そんなことで気持ちよくなるはずなんてないと思うのに、次第に息が上がっていく。

「はぁ……っ！」

軽く搔かれたところから、今まで感じたこともないような強い刺激が走った。マシュアルは仰《の》け反《ぞ》り、目を見開いた。

「あ、あ、あ」

オマーはそこばかりをいじり続ける。

「ぁ……く、……はぁ……っ」

「……濡れてきたね」

（濡れ……？）

「ちが……っ」

「ではこの音は何だと？」

彼が指で掻き回すたび、ぐちゅぐちゅと音が漏れる。注入されたものだけにしては水気が多いのはマシュアルも感じずにはいられなかった。

「……おまえは効きが早いほうだね。ベータの私にもフェロモンが感じられてきたよ」

「あ、あ……っ」

いけないと思うのに、脚が開いていく。指を増やされ、性器のように抜き差しされて、マシュアルはたまらず何度も腰を迫り上げた。

（だめだ、こんなの）

何度も首を振りながら、下半身が自ら求めるように揺れるのを止めることができない。

「あぁぁ……っ」

次第に意識が混濁し、何をされているのかよくわからなくなってきていた。ただ後ろの孔からくる未知の感覚に翻弄されるばかりだ。

奥のほうが疼《うず》いてたまらなくて、それ以外のことがまるで考えられなくなる。

「ああ……あっ……」

はっと覚醒したのは、後ろにそれまでとは比べものにならないくらいの大きなものがねじ込まれようとしたときだった。

（……これ、……）

「いやだ……っ！」

それが何かを理解した瞬間、マシュアルは死に物狂いで暴れた。いくら身体が求めても、それだけはいやだった。必死でオマーを押しのけようとする。

「無駄なことを。オメガの本能に抗えるはずがないのに」

オマーは喉で笑いながら、先端を潜り込ませてくる。いくらオメガとしての準備が整いつつあるとは言っても、裂けるような痛みがあった。

「やだぁ……っ、ヤーレフ様っ……！」

「獄舎に繋がれている者に助けを求めても無駄だよ」

「ヤーレフ様、ヤーレフ様……っ」

オマーのいうとおり、無駄なことはわかっていた。それでも狂おしく名を呼び続ける。そうせずにはいられなかった。

けれどもそんなマシュアルの姿は、却《かえ》ってオマーを喜ばせたようだった。

「いいね。もっとあいつを呼んでごらん」

大きく育ったものが、更に中へ押し込まれようとする。

「やあああ……っ!!」

マシュアルは喉が張り裂けるような悲鳴を上げた。

絶望と痛みで目の前が真っ赤に染まる。

ふいに身体にかかる重みが消えたのは、そのときだった。

「あ……っ……？」

嵌められかけたものがずるりと抜けていく。

恐る恐る薄く瞼《まぶた》を開けると、信じられない男の姿があった。

「や……ヤーレフ様……!?」

名を呟く声がひどく掠れた。

(どうして？)

マシュアルは零れるほど目を見開き、彼の姿を見つめた。

(助けに来てくれた……？)

そう確信できるほど自惚《うぬぼ》れてはいない。けれどそれでもたまらなく嬉しかった。

ヤーレフは、絨毯に放り出されたオマーの首に半月刀の刃を突きつけ、見下ろしていた。

　オマーは尻をつき、辛うじて両手で身体を支えながら、ヤーレフを睨《ね》めあげる。

「……どうやってここに忍び込んだ？　いや……どうやって脱獄したのかと聞くべきか。二翼の秘密通路の位置ぐらい知っていただろうからね……」

「この状況で減らず口を叩けるとはな」

　これまで聞いたこともないほど昏く低い声だった。オマーは唇の端を吊《つ》り上げる。

「私を殺すことが、君にできるのかな？　できるなら、とっくに背中から斬りつけていたんじゃ……」

　その科白《せりふ》をヤーレフは最後まで言わせなかった。彼はオマーの右腕にそれを振り下ろす。

「ぐ……っ!!」

　血飛沫《ちしぶき》とともに咆哮《ほうこう》のような悲鳴が上がった。一《いっ》閃《せん》で胴と右腕が切り離されたのをマシュアルは見た。心臓が止まるほどの恐ろしさで、息を呑む。

「ただで殺しちゃやらねーよ。次は左だ」

　再び刀を振り上げる。

「何の騒ぎだ……!?」

　振り下ろそうとした瞬間、扉が開き、声が響いた。ニザールが駆け込んできたのだった。

　彼は寝室へ踏み込み、血の海を見て立ち尽くす。

「な……なんだこれは……おま、ヤーレフ兄上……!?」

　そしてヤーレフの姿に呆然と呟いた。

「ニザール……っ！」

　名を呼んだのは、オマーだった。

「警備を呼べ！　早く……っ」

「ニザール様……っ」

　人を呼ばれたら、ヤーレフが捕まってしまう。止めたくて、思わずマシュアルは叫んだ。

「マシュアル、……おまえ……」

ニザールはマシュアルの乱れた着衣を見て、オマーを見る。何が起こったのか、察したようだった。

「何をしていた……っ！　マシュアルに何をした!?」

ヤーレフは刀をマシュアルに持たせると、ベッドから抱き上げた。

「マシュアル……っ！」

ニザールが叫んだ。

「マシュアルを放せ、それはぼくのオメガだ!!」

ヤーレフの腕を掴み、奪い返そうとする。ヤーレフはニザールを振り払った。

絨毯に転がった彼を一瞥《いちべつ》する。

「ここに残したら、おまえはハリーファからマシュアルを守れるのか？」

「……っ……」

マシュアルには意味がよくわからなかった。けれどその言葉で、ニザールの動きが止まった。

（ごめんなさい、ニザール様）

今、ヤーレフとともに出て行くことが、少しだけ裏切りのようにも思える。

それでも嬉しくて、マシュアルはぎゅっとヤーレフの首にしがみついた。

「そう……しっかり掴まってろよ」

ヤーレフは窓枠を乗り越える。少年の頃のヤーレフは、こんなふうに宮殿を脱出していたのだろうか。

その光景がふと瞼をよぎる。

マシュアルの意識が残っていたのは、そこまでだった。

7

ぼんやりと瞼を開ける。

あれからどうなったのか、マシュアルは覚えていない。発情のせいで朦朧《もうろう》としていたのか、発情促進剤の副作用か何かで意識を失っていたのだろうか。

馬に乗せられて運ばれたような気がするが、それも定かではなかった。

ただ、身体がひどく熱くて息が上がる。

（ここ……どこ……）

知らない部屋だが、なんとなく懐かしいような気もする。

（ヤーレフ様……？）

彼の姿をぼんやりと視界に捉えた。

（……夢じゃなかった？　本当に助けに来てくれた……？）

ヤーレフは、マシュアルの視線には気づいていないようだった。ベッドに腰掛け、絞った布でマシュアルの身体を拭いてくれている。

（ああ……）

その作業が、オマーにされたことをまざまざとマシュアルに思い出させた。発情促進剤を注入され、犯されたことを。

ふいにぼろっと涙が零れた。

堪えきれずに小さくしゃくりあげると、ヤーレフが顔をあげた。

「……マシュアル」

「……っ……」

「よかった、気がついて。……大丈夫か？　怪我してないか？　どこか痛むところは？」

どこも痛いところなどないが、言葉が出てこなかった。ただ、首を振った。

「そうか」

ヤーレフの手がマシュアルの髪にふれ、そっと撫でてくれた。その懐かしいやさしい感触を感じた瞬間、更に涙が溢れてとまらなくなった。

「……マシュアル」

ヤーレフは、なんと声をかけたらいいかわからないように、ただマシュアルの名を呟く。

（……いつもは口が上手いくせに）

「……ごめん」

と、ヤーレフは言った。

「俺がもうちょっとでも早く行けてたら」

マシュアルは首を振った。

「それに、あいつがおまえに……しやがったのは、俺との」

「ヤーレフ様のせいじゃありません。……それより、助けに来てくれて、ありがとうございました。凄く嬉しかった」

そんな簡単な言葉では言い表せない。マシュアルはそろそろと身を起こし、しゃくりあげながら頭を下げた。

ヤーレフは何も言わずに、またマシュアルの頭を撫でる。初めて会った日みたいに。

ヤーレフのせいではないのに、彼がひどく罪悪感を抱いているのが伝わってきた。そして傷ついたマシュアルに同情して、マシュアル以上に傷ついているのかもしれなかった。そういう、根は優しいひとなのだと知っていた。

「ヤーレフ様」

マシュアルはなかば無意識にヤーレフのトーブを握り締めていた。顔を埋《うず》めると、彼の匂いを強く感じて鼓動が速くなった。

「……こら」

ヤーレフはそれをやんわりと剝がそうとする。

「……俺もアルファなんだからさ」

けれどもマシュアルは放さなかった。

（ヤーレフ様）

塔を去って二度と会えなくなると思ったとき、胸が潰れるほど痛かった。抱きしめてもらって嬉しかった。二翼へ行ってからも寂しくて、ヤーレフのことばかり思い出した。少しでもヤーレフのことを知りたかった。

ニザールの寝所に侍《はべ》ったときも、オマーに犯されたときも、ヤーレフのことしか考えられなかった。

――これがヤーレフ様だったら。

それが何故だったのか、今ならわかる。

（好きなんだ、ヤーレフ様のこと）

塔にいた頃から、きっと本当はずっと好きだった。ただ、認めてもどうにもならないことがわかっていたから、目を逸らしていただけだ。

「マシュアル」

「……やだ」

助けに来てくれて嬉しかったし、自分が思っていたよりは大事に思われていたことが嬉しい。でもそれは、彼が自分の過去にマシュアルを巻き込んでしまったと思っている、その責任感のせいでもある。

ヤーレフにとって自分は恋愛対象ではないし、ふだんなら性欲の対象でもない。可愛がってはくれたけれど、それは仔犬を可愛がるのと同じ種類のものだ。

（でも、今なら）

発情したオメガのフェロモンがある。

――好みかどうかなんて些細なことだと、オマーも言っていた。

マシュアルが、ヤーレフのアルファのフェロモンを苦しいほど感じている数分の一でも、ヤーレフも感じていてくれたら。

「だ……抱いて欲しい」

「マシュアル」

「……あんなことがあったあとで……俺にさわるの嫌ですよね？　俺のこと好きじゃないのもわかってます。……でも、こんな汚れた身体のままでいたくない……っ」

「マシュアル」

　そんな言葉に、ヤーレフが揺れるのがわかる。罪悪感と同情で揺れる。

（やさしい人）

　マシュアル自身、犯されて傷ついてないと言ったら嘘になる。

　けれど、もしかしたら自分以上に痛みを感じているかもしれないこの男の気持ちを、利用する。

「お願い……一回だけでいいから」

　顔を見られたくなくて、ますます深く彼の胸に顔を押しつける。

　ヤーレフの腕が背中に回り、痛いほど強く抱き締めてきた。

　ヤーレフが服を脱ぎ、覆い被《かぶ》さってくる。

　長年世話をしてきた見慣れた身体なのに、なんだか不思議と違って見える。とても大きく逞《たくま》しく感じられた。

　綺麗な筋肉の乗った胸を、マシュアルは陶然と見上げた。

「……ここは？」

　ヤーレフは唇に指でふれてきた。

「……あいつに……」

　されたのかと問いかけてくる。マシュアルは首を振った。

「やめとくか？」

　ふつうに抱くときは、キスからする人なんだ、と

知る。同時にこれからする行為はふつうじゃない――慰めのために施してもらうものなんだ、と胸に刻んだ。

「……して、ください」

嫌じゃなかったら、とは口にできなかった。

唇が降りてきて、そっと重なった。

「……ん」

少し湿ったやわらかい感触に、それだけでたまらなくどきどきした。

何度か角度を変えて合わせ、啄《ついば》まれる。そして狭《はざ》間《ま》を舌でたどられ、やっと促されていることに気づいて、マシュアルは唇を開いた。

差し入れられた舌に、舌を搦《から》め取られる。ざらりとふれあっただけで、どうしようもなく昂《たかぶ》って、声が漏れた。

何もかも初めてで、どうしたらいいかわからなかった。ただ蕩《とろ》けた本能のままに舌を動かし、啜《すす》った。

ヤーレフの手が髪を撫で、耳や頬、首筋へと降りていく。発情した身体には、それだけでも愛撫《あいぶ》になった。

乳首にふれられると、腹の奥にまでびりびりと響く。

「あっ、あぁ……っ」

唇が離れた瞬間、マシュアルは嬌声《きょうせい》をあげていた。無意識に膝を立て、ヤーレフの腰を挟み込む。

「そこ、……っ」

（ヤーレフ様が好きなとこだって）

オマーに聞いた。けれどそう口にできずにいるうちに、ヤーレフに問いかけられる。

「気持ちいい？」

こくこくとマシュアルは頷く。

「も、よくわかんな……ああ……っ」

後孔が勝手に収縮し、じゅく、と音を立てた。

ヤーレフの指がそこにふれた。

「あ……っ」

マシュアルは身を竦めた。

「いや？」

いやではない、けれども。

「……そ……そこ、さわるの……」

「さわらないとできない」

「そ……そうだけど」

「どうした？　やめたい？」

マシュアルは首を振る。

「……濡れてるの、恥ずかしい」

ヤーレフは声を立てて笑った。かと思うと、マシュアルの両脚のあいだに身を沈ませてくる。

「どれどれ？」

「あっ……!!」

マシュアルは脚を閉じようとしたが、しっかりと摑まれていてできなかった。

「ほんとだな」

「ヤーレフ様のすけべ……っ」

「うん」

覗き込まれるのがひどく恥ずかしい。なのに視線を感じると、マシュアルの後孔はいやらしく収縮してしまう。引き絞るたび、腹の奥がずきずきする。自分でもどうにもできなかった。

ヤーレフはそこへ顔を埋めてきた。

「や……っ、やだ、ヤーレフ様……っ」

舌先がふれ、マシュアルは大きく仰け反った。

「待っ、あっ、ああっ……」

マシュアルは必死で言い募ったが、拒んでいるのは言葉だけだった。ひくつく孔に、舌が入り込んでくる。

「はぁ……あぁ、や……、あん、あんんん……っ」

指でひろげられ、深く突き立てられる。やわらかくざらついたものが出入りする。異様な感覚に、マシュアルは喘《あえ》ぎ続けた。

「もう、や、ああ……っ」

奥のほうがずきずきするほど激しく疼いてたまらなかった。経験もないのに、埋めて欲しいと蠕動《ぜんどう》する。

「早く……っ」

マシュアルはよくわからないまま口にする。

「ヤーレフ様……早く」

ヤーレフが顔を上げた。マシュアルの脚を抱え、自身をあてがってくる。

「あああ……っ！」

それはマシュアルの身体を開き、強い圧迫感とともに挿入されてきた。マシュアルは痛みを感じることもなく、嬉々《きき》として食い締める。それはひどく熱くて脈動していた。

（全然違う……）

既にほとんど記憶も淡く塗り替えられた、オマーのものとは。

（ヤーレフ様の……）

一度はおさまっていたはずの涙がまた溢れた。

「痛いか」

「大丈夫……っ」

その返事も終わらないうちに、ヤーレフはぐいと奥まで突き上げてきた。

「……っあああ……っ」

それだけでマシュアルは達していた。

「あ……あぁ……っ」

快感に身体が蕩けそうだった。絶頂感にびくびくと身体を震わせながらヤーレフを見上げる。彼は今まで見たこともないような顔をしていた。いやらしく、獣のような男の顔。

「フェロモンが……凄い濃くなったな、達《い》ったからか……」

「あ……」

気持ちよさに朦朧として、何も答えることができなかった。マシュアルはかわりにヤーレフの背に腕を回し、しっかりと抱きしめる。ヤーレフは更に深く侵してきた。

「……全部入った」

「う……」

その言葉に、何故だかまた泣いてしまう。その涙を唇で拭い、ヤーレフは覆い被さるようにして動きはじめた。

「あぁ、あぁっ、あぁぁ……っ」

マシュアルはそれを締めつけて、更に奥へと導く。突かれるたび、軽く絶頂しているような感覚だった。

「ヤーレフ様……っ凄い、あ、あぁっ、――」

律動が速くなり、最奥で熱い迸《ほとばし》りを感じる。

(ああ……)

激しい快感とともに、たまらない充足感がマシュアルを包んだ。

深く深く繋がって、そこから熔《と》けてひとつになってしまいたかった。

*

「あ……」

突き込むたびマシュアルの身体がうねるのが、ヤーレフにはたまらなく妖しく見えた。

「ヤーレフ様……」

マシュアルは何度も彼の名を呼び、ぎゅっとしがみついてきた。

「……ヤーレフ様、やめないで……っ」

ヤーレフは無意識に目を細めた。

(……可愛《かわい》い)

ずっと前から可愛いと思っていたし、可愛がってきた。でもその可愛さは、仔犬が可愛いのと同じ種類のものだと思っていたのに。

そんな相手を抱いている。――にもかかわらず、萎えるどころか欲情はいや増すばかりだった。

（なんでこんなに）

背徳感にさえ煽《あお》られる。

「あぁ、あぁっ、ひ、あ……！」

マシュアルはヤーレフの下で、息も絶え絶えに喘《あえ》いでいる。発情中とはいえ、少しは加減してやらなければと思うのに、責め立てるのを止めることができなかった。

「あああっ――」

更に奥へ挿入すると、マシュアルは鳴き声をあげた。

「ああ……っ、ヤーレフ様、……ふかい……っ」

「痛い？」

マシュアルは首を振った。

「気持ち、いい……っ、すごく、……っ」

素直な言葉が淫《みだ》らで可愛い。ヤーレフはつい笑ってしまった。

「……俺も」

内壁が、誘い込むように収縮する。締めつけられて、小さく呻《うめ》きが零《こぼ》れた。

ヤーレフはマシュアルの身体をほとんど折り曲げるようにして突き上げた。

「……っ、ああぁ……っ！」

マシュアルが思い切り背を撓《しな》らせた。

「……っ」

ほとんど同時に達したにもかかわらず、ヤーレフは未《いま》だ未練たらしく緩く突きながら、ぐったりとベッドに沈んだマシュアルにすべてを注ぎ込む。

マシュアルはまだ息を乱していたが、ヤーレフ自身もなかなか呼吸を整えることができなかった。

「やだ、抜かないで……」

深く埋めたものを引き抜こうとすると、マシュアルは力の入らない脚を、それでもそろそろと絡みつけてきた。

「……嵌《は》まってないと、寂しい」

あまりに素直で淫らな科白《せりふ》に、ぞくっと性感が駆け上がる。

こんなことをいう子だっただろうか？　これはすべてオメガのフェロモンのなせる業なのだろうか。マシュアルは、身体を解こうとするといやがる。そしてせがまれれば、ヤーレフの理性は簡単に負けてしまう。

再び脚を抱えれば、マシュアルは花が咲くように微笑《わら》った。

煽られるまま、ヤーレフは果てもなくその身体に溺れた。

8

マシュアルは、ヤーレフの胸に猫のように頭を擦《す》り寄せていた。彼の体温と匂いを感じているのが、胸が詰まるほど心地よかった。

こうしていることが信じられなかった。ヤーレフに抱かれるなんて、ちょっと前まで想像したことさえなかったのに。

けれど今思えば、あり得ないとわかっていたから考えないようにしていただけで、本当はずっと夢に見ていたのかもしれなかった。

（しあわせだ）

と思う。愛情によって抱かれたわけではないとしても。

（ただ、傍にいられたら）

こんな時間がいつまでも続くとは思えない。けれど、今はただ彼の腕で揺蕩《たゆた》っていたい。

ヤーレフはそんなマシュアルの髪を撫《な》でながら、離れてから昨日までのことを話してくれた。

二人が今いるのは、ヤーレフが収監されていた塔の地下にある隠し部屋だという。言われてみれば、石壁の質感がそっくりだった。来たことのないはずの場所なのに、なんとなく見覚えがある気がしたのは、そのせいだったのだろう。

（こんな場所があったのか……）

毎日通っていたにもかかわらず、マシュアルは全然知らなかった。

「……ヤーレフ様、いつから知ってたんですか？」

「つい最近。……おまえに図書館で探させた本があっただろ。あれには、塔の設計図が入ってたんだ」

「え……っ？」

マシュアルはひどく驚いた。ぼんやりと余韻に浸っていた頭が、ようやく少しだけ働きはじめる。

あの本にそんな意味があったなんて、考えたこともなかった。難しい綴《つづ》りの単語を並べたタイトルで、今ひとつちゃんと読めてさえいなかったのだ。

口に出さない、メモもしない。誰にも見つからずに閉架を探せ——遊びながら学習しているような気分でいたけれど、今にして思えば、だいぶ妙な注文ではあったのに。

「もしかして、脱獄するつもりで、俺にあれを……？」

「まあな」

「脱獄ルートまで堂々と設計図に描いてあるんですか？」

「ないが、子細に見れば見当がつくんじゃねーかと……。昔、塔を設計した設計士のじいさんと知り合いで、地下に抜け穴や隠し部屋があるってところまでは聞いてたんだ」

そういえば昔、ヤーレフは庶民とも気さくに仲良くなる王子だと聞いたことがあった。実際マシュアルに対してもそうだったように、設計士に対しても同じように接して、可愛がられていたのだろうか。

「でも、どうしてそんなものが……」

「ああいう建物にはつきものだろ。二翼《によく》にもあったしな。上の誰かの命令か、じいさんが自分で密かに造ったのか……。秘密を守るために設計士が投獄されたり殺されたり、なんてこともめずらしくはねーからな」

「よ……よくあるんですか？」

「ああ」

あまりにひどい話だ。

「この隠し部屋も、その設計図から見当をつけた。うちの別荘や近くの宿に隠れても、どうせすぐあいつに手配されて見つかるだろうし、灯台もと暗しってやつだよ」

ふふん、とヤーレフは笑った。

「まあ急にこんなことになって熟考する時間もなかったし、だいぶ賭けだったけどな」

「ごめんなさい。俺のせいで……」

「別に、俺が勝手にしたことだろ。それにこっちが巻き込んだってところもあるし……」

そう——ヤーレフは、自分とオマーとの確執に、マシュアルを巻き込んだのだと思っている。だから来てくれたのだとわかっていた。

(でも、嬉《うれ》しかった)

ヤーレフは危険を冒し、おそらくは昔の友人だった男の腕を切り落としてまで、マシュアルを救い出してくれたのだ。

オマーの血まみれの姿が、マシュアルの脳裏に蘇った。

「あの……」

「ん?」

「……オマー様は、……あのまま……もしかして……」

「死んではいねえだろ。腕を落としただけだ。……殺《や》るつもりだったけどな、あのままニザールが来なかったら」

「……」

「もしかして同情してるのか」

「そういうわけじゃありませんけど、……親友だったって聞いたから」

はっ、とヤーレフは失笑した。

「そう思ってた時期もあったかもな。子供の頃からのつきあいだったし、剣の腕や成績、何でもよく競い合った。頭のいいやつだったから、話をするのも楽しかった。意見は合わなかったけどな」

自嘲するような口調が、思い出の苦さを物語る。

「……あるとき、あいつがオメガを外国に売り飛ばして裏金を蓄えているという情報が入った。調べてみると疑いは濃厚で、でも俺はとても信じられなかった。だから、直接本人にたしかめたんだ。……馬鹿なことをした。すぐに父上に報告していれば、あんなことにはならなかったのに」

「……」

「あいつは勿論《もちろん》否定した。俺はそれを信じた。そして隣国が攻めてくるというあいつの話まで信じて、国境警備のために自分の領地に兵を集め……大馬鹿者だろ？　あいつはそのあいだに証拠を隠滅し、俺が謀反のために兵を集めていると父上に訴えた」

その後、ヤーレフは反逆罪で捕縛。母と弟の嘆願で処刑は免れたが、塔に投獄されることになった。

「あいつが保身のために、あんなに簡単に、狡猾《こうかつ》にこの俺を陥れるなんて、思ってもみなかった。本当、馬鹿だった。ある意味自業自得だ。……けどな、あいつは絶対許さねえ」

「ヤーレフ様……」

何不自由なく育てられたはずの彼が纏《まと》う、どこか投げやりな雰囲気は、ここから来ているのかもしれないとマシュアルは思う。自覚はないのかもしれないが、親友の裏切りはヤーレフの中に深い傷となって残っているのだ。

「おまえにまであんな」

「……俺のことは」

マシュアルは首を振った。

「許すっていうのか!?」

「そういうわけじゃないですけど……」

自分をあんな目に遭わせた男を簡単に許せるわけがない。ただ、本当に殺してしまっていいのかと思う。そんなことをすれば、もう二度と取り返しがつかないのに。

「俺はどうせニザール様の妾《めかけ》になるために二翼に行ったんですし……とは言っても、ニザール様じゃない人に……なんて思いもしなかったですけど」

「ニザールならよかったのか？　……ニザールにも抱かれたのか」

一応、ヤーレフはマシュアルが二翼でどんな目に遭っていたのか、心配してくれているらしい。何

「ニザール様の好みからはだいぶ外れてたみたいで。寝室には呼ばれたけど、話をしてました」

「話？」

「ヤーレフ様に教えてもらった千夜一夜が役に立ったんですよ。ニザール様って本当はそんなに悪い人じゃないし、けっこう可愛いところがあるんですね」

「ああそうかよ」

「ただ、寂しいだけなのかも」

「……かもな」

「……ニザール様は、何故見逃してくれたんでしょうね」

あのとき彼がオマーの味方につき、警備を呼んだり邪魔をしたりしていたら、逃げ切ることはできなかったかもしれない。

「……おまえ、不思議と……いつのまにか人の中に入り込んでるようなところがあるからな。けっこうニザールに好かれてたんじゃねーの？　いったい何をやったんだか」

「別に何もしてませんけど……」

ただ幾晩かを一緒に過ごすうち、それなりの好意をもってくれていたのなら嬉しい。マシュアルのほうは、ニザールに対して友情のようなものを感じていたからだ。

「おまえを守りたかったんだろ。でも、二翼にいたらあいつの力に逆らえないから……」

マシュアルはふとニザールに聞いた話を思い出す。

「そういえば、女の子が生まれたって言ってました」

「女の子？」

「……どうなったのか、何があったのか、聞けなか

ったんですけど……」

「女の子は、アルファの王子にはなりえない。……おそらく、あいつに売られたか……」

その答えは、マシュアルも想像していたものだった。できればヤーレフに否定して欲しかったけれど。

「……王女様なのに」

「そうだな」

ニザールは、本当は娘を守りたかったのではないだろうか。でもできなかった。だからマシュアルのことは逃がしてくれた……？

（ありがとう、ニザール様）

ふいにヤーレフが身を起こした。

かと思うと、マシュアルに覆い被《かぶ》さってくる。

「ヤーレフ様……っ？」

「次いこうか。もう十分休んだだろ？」

「ヤーレフ様……」

——お願い……一回だけでいいから

そう希《のぞ》んで自ら抱いてもらった。けれど「次」はあるらしい。

（いつまで？　……発情期が終わるまで？）

それともヤーレフに本当に好きな人ができるまで？

（もしかして、もういるのかも）

マシュアルの脳裏を、見たこともない美しい金髪のオメガの姿が過《よぎ》る。

その面影を振り払い、擽《くすぐ》るように身体に手を這《は》わせてくるヤーレフの背に、マシュアルは腕をまわした。

9

塔の地下で何日過ごしただろうか。

少しうとうとしていたマシュアルは、ふと近くで人の話し声が聞こえるのに気づいた。

（ヤーレフ様と……誰？）

もしかしてここが見つかってしまったのでは、とはっと目を開ける。

まず視界に飛び込んできたのは、ヤーレフの姿だった。けれども彼は、いつもの見慣れたヤーレフではなかった。

「ヤーレフ様、か、髪……っ!!」

あの美しかった黄金の髪が、真っ黒に染められている。マシュアルは口をぱくぱくとさせながら、それ以上何も言えなくなった。

「追っ手がかかってるからな。変装みたいなもんだ。そんなに驚いた？」

こくこくと頷《うなず》く。

「黒髪も悪くねーだろ？」

「……っ……もったいない……」

芸術品のような髪だったのに。

でも、たしかに黒髪もよく似合っていた。野性味を帯びて婀娜《あだ》っぽく、どこか神秘的にさえ感じられた。これはこれで……なんだか見ているとどきどきする。

「なんとなく色っぽいよな」

別の声が割って入り、マシュアルは視線を移す。そして知った男の顔を見つけ、飛び起きた。

「うわっ、ムラト……!?」

慌ててシーツを引き上げる……つもりが、ヤーレフの上着だったことに、さらに赤くなる。気がつけ

ば無意識のうちに、彼の服を抱き締めて眠っていたのだった。ちょっとでも離れると寂しくて、気がついたらこうなっている。

「これがヤーレフ様に聞いた、巣作りってやつか」

と、ムラトはにやにやする。

「巣作り？」

「つがいのアルファが大好きなオメガがやるやつ。ヤーレフ様、愛されてんですね」

「ば、ばか、やめろよ、ムラトっ」

マシュアルは真っ赤になって制止したが、後の祭りだった。

「……っていうか、つがいじゃないし……」

「でも、こうなったからには責任取らないと。ね、ヤーレフ様。つがいにして一生面倒見てやるんでしょ？」

「や、やめろってば……っ」

　つがいではないし、そうなることをヤーレフに強要するつもりもないのだ。

（縋《すが》れば、ヤーレフ様は応えてくれるのかもしれないけど）

　それはしてはならないことだと思う。そもそもヤーレフは、マシュアルのことを恋の対象だとは思っていないのだ。

「……ヤーレフ様から話は聞いてたけど、いきなり現れるからびっくりした」

　ムラトは脱獄に協力してくれたうえ、ここ数日の二人の面倒も見てくれていたのだ。

　そのことにマシュアルは謝意を述べた。

「おかげでたすかったよ。ムラトが手を貸してくれてなかったら、今頃俺……」

「いや、俺は俺の都合でしたことだから」

「弟さんのことだよな？」

「そう……俺の弟も、オメガだったんだ」

　ムラトは頷いた。

彼の弟のことは、ヤーレフから聞いていた。マシュアルより少し前に、二翼配下で行われた第二性別検査を受けてオメガと判定されたのだ。

「同時にニザール殿下の後宮に入るように命じられた。もともとそのために検査してたんだから当然だよな。……俺、オメガのことなんて全然知らなかったからさ、慌てて医者に聞いたりして調べて……年に四回も発情期があるとか、発情抑制剤が必要なこととか、それが庶民にはほとんど手が出ないほど高いとかな」

結局、オメガが自立して生きられないのは、この発情抑制剤の問題が大きいのだ。

「正直、このまま家で暮らさせておくのは無理だと思った。薬が手に入らないまま発情期を迎えたら、終わるまで弟をどっかに閉じ込めて縛り上げておくしかないんだ。誰彼かまわず盛《さか》らせておくわけにもいかないし、フェロモンを嗅ぎつけられたら強姦輪姦もありうるわけだから」

それはマシュアル自身にも降りかかるかもしれなかった運命だった。いや、これからだってどうなるかわからないのだ。

マシュアルは小さく震えた。

「だったら、庶民からしたら後宮に入るのは光栄なことだし、弟は見目もいいから寵愛を得られるかもしれないと思ったんだ。そもそも断れる話じゃないしな。弟が入宮するときには祝福して送り出したよ。……ところが」

あとになって、二翼の悪い噂ばかりを耳にするようになる。

「集めたオメガの扱いがひどいとか、外国に売り飛ばすとかな。それでなくても手紙を書いても返事も来ないし、心配になってたところだった。そうしたらちょうどその頃マシュアルも二翼に入ることになって、ヤーレフ様が血相変えてただろう。そんなにやばいところなのかとますます焦った。まあヤーレフ様の場合は私情だったのかもしれませんけど」

ごほん、とヤーレフが軽く咳払《せきばら》いをする。

「半信半疑だったけど、もしも本当に弟が外国に売り飛ばされてたらと思うと夜も眠れなくなった。それで、マシュアルをたすけ出すために手を貸せっていうヤーレフ様の話に乗ったんだ」

ヤーレフのほうを窺《うかが》えば、ややばつが悪そうに、というか照れたように目を逸《そ》らす。

「最初は、上手くいけばムラトの弟も連れ出す予定だったんだ。ああいう状況で、内部のようすもよくわからなかったし、無理だったけどな。だけどおまえに話を聞けば、二翼の内情やムラトの弟のこともわかるかもしれねーだろ？」

「知ってることを話してくれないか」

マシュアルは頷いた。

「二翼ではオメガは一室に閉じ込められてたから、たいしたことは知らないんだけど……一年身籠もらなかったオメガは売るって聞いたことがある。だからもしまだ一年たってないなら、弟さんは無事だと思うけど……」

ムラトはあからさまにほっとした顔をした。

「じゃあラムジは無事だ！　まだぎりぎり一年はたってないはずだからな！」

「ラムジ？」

覚えのある名だった。

「弟の名前だ。知ってるのか!?」

「うん、多分あの子じゃないかと……」

短期間だったし、オメガ同士の交流も少なかったが、最初に声をかけてくれたのがラムジという名の少年だった。それから彼とはたまに話をするようになっていた。

「褐色の髪で、茶色い瞳の……」

「ラムジだ！」

ムラトは声を上げた。

「よかった……じゃあ売られてはいないんだな!?」

「大丈夫だと思う」

「弟はどうしてた？　元気だったか？　二翼ではどんな暮らしをしてたんだ？」

「割と元気だったよ」

マシュアルは二翼のことを知っている限り語った。

オメガたちは十人ほどいて、一室に閉じ込められていること。食事は一応与えられるが粗末で、噂のとおり扱いはよくないが、飢え死にするような状態ではないこと。夜になると誰かが呼ばれてニザールの寝室へ行くこと。

「でも、オメガたちは余計なことを言ってニザール様を怒らせないようにって、あんまり会話したりしてなかったみたい。粗相があったら売り飛ばされるかもしれないし……。実際ニザール様は癇癪《かんしゃく》持ちだったし、みんな怯《おび》えてたんだ。本当はそんなに悪い人じゃないんだけど」

「おまえも？」

ちら、とマシュアルを見て、ヤーレフは聞いてくる。

「俺はヤーレフ様で王子様慣れしてたから、ふつうに喋《しゃべ》っちゃいましたけどね。ニザール様はだいぶ驚いてたみたいです」

「へーえ」

ふつうの受け答えをしているのに、何故だかムラトが軽く失笑する。それをじろりとヤーレフが睨《にら》んだ。

「オメガたちの一人に子供が生まれたこともあったらしいけど……」

「子供が？」

「取り上げられて、育てさせてはもらえなかったって。子供を産んだからって、側室として地位をもらえることはないって……」

悲惨な話に、沈黙が降りる。

「だけど、ちょっと妙じゃないですか？」

それを破ったのは、ムラトだった。

「何が？」

「オメガがアルファを愛するほどアルファの男子が生まれやすくなる――って俗説があるんでしょ？　まあ迷信だとしても、真っ先にアルファの王子を産ませて王位継承権を手に入れたいなら、一応気にするのがふつうじゃないですかね？　ただでさえニザール様は性格がだいぶ微妙みたいなのに、話もさせず、一年で引き離していたら、ますます情も湧かないでしょうに？」

「ハリ……オマーはその俗説、迷信だって全然信じてないみたいだったけどな」

そういえば彼が塔にいたヤーレフを訪れたとき、そんなことを言っていた。

「それはそうかもしれないですけど、やっぱりなんかおかしいですよ。いくらオメガの売買が金になるにしても、一日も早くアルファの王子を産ませたいはずの今でさえ、せっかく手に入ったオメガを売り飛ばし続けてるっていうのも矛盾してませんか？」

たしかにそのとおりだ、とマシュアルも思う。二翼にいたときからずっと疑問ではあったのだ。

「でも、どうして……？」

答えを求めてなんとなくヤーレフを見れば、彼は重く口を開いた。

「たぶんオマーは、ニザールにアルファの男子が生まれなくてもいいと思ってる」

「え？　でもそれじゃ……」

「対外的に、ニザールのアルファの男子、だと信じさせることとさえできるなら」

「――……」

何か凄《すご》く恐ろしいことを聞いた気がして、マシュアルは言葉を失った。

「ふつうなら、何人のオメガを抱えているかという情報は、多くいればいるほど隠しておきたいものだと思う。警戒されれば標的にされる恐れがあるし、知れ渡って得なことは何もないからな。兄弟たちの中には、そもそも情報戦が不得手……というか、好きじゃないやつもいるが、オマーはそういうタイプじゃない。にもかかわらず、二翼が多くのオメガを抱えていることはひろまっている」

「……つまり?」

「目的は、わざと多くのオメガがいると宣伝することによって、アルファの男子が生まれても不思議はないと周囲に信じさせること——かもしれない」

「それって……つまり本物のアルファの王子が生まれなくても、どこからかアルファの男の子を連れてきて、ニザール様の王子に仕立て上げるつもりだってことですか!?」

「おそらく」

「そんな……」

マシュアルは愕然《がくぜん》とした。

王位継承権を争っているからと言って、アルファの王子たち自身はそこまではしない。権力だけを欲する「他人」だからこそ思いつく謀略だった。

「……ひどい」

「今さらだ。人身売買のあげく、友人だった男を陥れて投獄させるようなやつなんだから」

ヤーレフは吐き捨てる。

「反逆罪はどっちだか」

王統を血縁のない子供に継がせようとしているのだ。

「……どうします? 国王陛下《へいか》に報告しますか」

「簡単にはいかねーけどな」

王子であったとはいえ、脱獄したヤーレフが不用意に王の前に顔を出せば、そのまま再逮捕されてしまいかねない。

「それに、申し出ただけじゃ証明できない。明白な証拠がない限り、返り討ちに遭うのが関の山だ」

ヤーレフが投獄されたときと同じになってしまう。

「……あ」

そのときふと、マシュアルは思い出した。

「どうした？」

「いや、あの……オマー様の寝室で、何か金額とか名前っぽい文字の書いてある帳面を見つけたんです。あのときは全然わからなかったけど、もしかしてオメガを売った台帳みたいなものだったんじゃないかと……」

ヤーレフとムラトが顔を見合わせた。

10

マシュアルの見たものがオメガを売買した記録なら、それを手に入れられれば証拠になる。オマーを失脚させ、オメガたちを救出できる。

三人は、再度二翼に侵入して台帳を盗み出す計画を立てた。

――できるだけ早いほうがいい。オマーは重傷を負ってるはずだし、あいつが身動き取れずにいるうちに

オメガたちの救出も同時にできればいいが、後のことを考えれば難しかった。

親元へ帰せばすぐに見つかってしまうから匿う場所がいるし、大量の発情抑制剤もいる。しかも市井でオメガが暮らしていくのは厳しく、せっかく逃しても、準備が整わないままでは二翼で囲われていたほうがマシだったということになりかねない。

ムラトの弟のラムジだけを先に助け出すということも考えたが、そうすればムラトが真っ先に疑われることになるだろう。

――結局、オマー大臣を失脚させるのが先ってことか

――あいつが消えれば、二翼もそれほど悪い場所じゃなくなるかもしれないけどな。逆に二翼自体がどうなるかもわからないが……

必要なものを揃《そろ》え、マシュアルの発情期が終わると、計画は実行に移された。ヤーレフは、危険だから残れと言ったが、マシュアルは聞かなかった。どんな危険が待っているかわからないところへヤーレフを一人で行かせたくなかった。

――それに俺がいたほうが、台帳の在り処や建物

の中の様子だってわかりやすいでしょう。ヤーレフ様が住んでた頃とは変わってるところもあるだろうし
実際、三人しか人手がない以上、マシュアルもそれなりの戦力ではあったのだ。

ムラトがそう言って味方をしてくれたので、マシュアルも連れていってもらえることになった。

二翼にはいくつかの外部に繋《つな》がる秘密通路があり、元二翼の王子だったヤーレフはそれらを熟知していた。

深夜、その一つを抜けて、地下から直接二階へ上がる。

半月と離れていなかった二翼は、マシュアルがいた頃と特に変わりはなかった。

ヤーレフが暮らしていた頃とはどうなのだろう。彼は周囲を見回しながら歩いている。

オマーの部屋は、施錠されていた。それをヤーレフとムラトは簡単に壊してしまう。

重傷を負ったオマーは、二翼ではなく自邸のほうで療養しているという情報を得ていたが、念のため短剣を構えて踏み込む。

室内の壮麗さに、ムラトが息を呑《の》んだのがわかった。

正面一面に窓があり、とにかく広く、大理石と透かし彫りの美しい装飾、重厚な蒼い絨毯《じゅうたん》。内部はアールの垂れ壁で緩くいくつかに仕切られている。

最初に見たときは、マシュアルも同様に呆然《ぼうぜん》としたものだった。

「すっげえ部屋……」

室内のどこにもオマーの姿がないことを確認すると、ムラトが吐息を漏らした。

この二翼の主のための豪奢《ごうしゃ》な部屋は、以前はヤーレフの部屋だったのだ。

「あれはどこにある？」

ヤーレフは室内を眺めながら、言った。

昔の自分の部屋が懐かしいのだろうか。前回は感傷どころではなかっただろうから。

マシュアルは奥の寝室部分へ行き、備え付けられた書棚から一冊を取り出して、ヤーレフに渡した。

「これ。多分、このあたりに他にもあるかもしれません」

髪長姫――その背表紙の偽タイトルを見て、ヤーレフは一瞬、眉を顰《ひそ》めた。

「探せ」

「はい」

大急ぎで調べて回収し、袋に詰めてそれぞれ背負う。

突然、扉を開ける音とともに、多くの足音が迫ってきたのはそのときだった。

はっと顔を上げれば、寝室の入り口を囲うように、十数人もの衛兵が銃を構えていた。

「来ると思っていたよ、ヤーレフ」

その中心に、オマーがいた。

前より少し痩せただろうか。美しい顔はやや蒼く、そして片腕がない。

何故わかったのかと思う。普通に考えれば、再度ヤーレフが二翼に侵入する理由など思いつかないだろうに。

「その『本』の位置が、少しずれていたからね」

そんな些細《ささい》なことで気づかれるなんて。

マシュアルは音を立てて血の気が引くのを感じた。

(俺のせいだ……！)

きちんと戻したつもりで、できていなかったのだ。だからオマーに計画が露呈してしまった。

前回は、寝室の窓から逃げた。けれど今は、すぐ傍まで来ていた木の枝はすっかり切り落とされている。そのうえ、窓枠には釘を打ちつけ、簡単には開かないようにされていた。

「相変わらず神経質なことで」

ヤーレフは軽く肩を竦《すく》めた。

「そうだね。こんなふうに役に立つとは思わなかったよ」

「そうだな」

オマーは衛兵たちに命じた。

「殺すな、生け捕りにしろ……！」

衛兵が動き出す。その瞬間。

「そう来ると思ってたよ……！」

ヤーレフが嘲るように言ったかと思うと、爆発音とともに煙が充満した。

「すぐ蜂の巣にしてりゃ、おまえの勝ちだったのになっ……！」

「な……っ!?」

マシュアルの視界も真っ白になる。

何が起こったのかまったくわからずにいるうちに、ベッドの上に引っ張り上げられた。


（え……？）

同時に、突然の浮遊感とともに三人はベッドごと墜落した。

ひどい衝撃があり、真下の部屋に着地する。その反動でマシュアルは床に転がり落ちた。――一階の床に。

「つ……痛《い》う……っ」

「痛てて」

ムラトも腰をしたたかに打ち付けたらしい。

「な……なな何ですか、この仕掛け……!?」

思わずマシュアルは叫んだ。

「俺が住んでた頃より前からあったやつ。父上は若い頃から猜疑心の塊だったらしいぜ」

そういえば現国王は、かつてのアルファ第二王子だった。ヤーレフの前に二翼に住んでいたのは、国王だったのか。

「まだ生きてて幸運だったな」

ヤーレフはマシュアルを引っ張り起こしながら言った。

「たいした時間は稼げねーぞ。急げ！」

窓から庭へ出る。ヤーレフの示す方向へ走る。気づかれて二階から狙撃されたが、既に届かなかった。必死に走りながらちらと振り向けば、衛兵たちが追ってくるのが見えた。

（でも距離はある。逃げ切れる……！）

そう思った直後、生垣から飛び出してきた別の兵がヤーレフに銃口を向けた。

「ヤーレフ様……!!」

マシュアルは思わず前に飛び出した。

焼けるような痛みが背を貫く。

「マシュアル……!!」

自分の名を呼ぶヤーレフの声が聞こえる。

それを最後に、ぶつりと意識が途切れた。

（……？）

次に気がついたときは、どこか知らない小屋の中だった。

背中――いや肩が焼けるように痛む。同時に全身がひどく熱を持っていた。

（そう……二翼から逃げる途中で撃たれて……ここは？）

塔ではないのはなんとなくわかった。樵《きこり》小屋《ごや》か何かだろうか。人がいるようだった。耳鳴りの向こうから、話し声が聞こえてくる。

（ヤーレフ様……と、誰）

ムラトの声ではない。

ぼうっとして話の内容は少しも理解できなかったが、ふいに一つの単語だけが耳を貫いた。

「ファラーシャ」

（……ファラーシャ）

どこかで聞いたことのある名前だ。

（そうだ、オマー様が塔に来たときに……）

――君の好みはわかっているし、私が見繕ってもかまわないけれどね。ファラーシャほどの美人は無理としても……

マシュアルに代わる世話係の話をしていたときに出た名前だ。

（今、ヤーレフ様が話してる相手が、ファラーシャ……？）

どういう人で、何故ここにいるのだろう。

どうしても相手を見たくて、マシュアルは懸命に重い瞼《まぶた》を上げる。

（あ……）

寝かされたベッドから見えた男は、息が止まるような美しさだった。なめらかな肌と長い金髪の巻き毛が輝いている。同じ色の睫毛《まつげ》に縁取られた大きな瞳は宝石、薄桃色の唇は薔薇《ばら》のようだった。

（怖いくらい綺麗《きれい》な人……）

その容姿からも衣装からも、高貴な身分であることはひと目でわかる。

（この人……もしかして……）

ニザールから聞いた話を思い出す。

――王族の中でも一番の美人だった従弟といい仲だったんだ
（この人……もしかしてヤーレフ様の……）

彼が並外れて美しく優雅だということ以外、根拠はない。けれども昔ヤーレフの心を奪っていたのは彼なのではないか――そんな気がした。

傷口の痛みがずきずきと増していく。

熱に浮かされて意識が混濁していく中で、ファラーシャの美しさだけが瞼に焼き付いて離れなかった。

そして次に目が覚めたとき、マシュアルはまた別の場所にいた。

塔の地下室とも違う。王子宮には遠く及ばないが、それなりに立派な屋敷の一室に見えた。

（ここ、どこ……）

樵小屋にいたと思ったのは夢だったのだろうか。

（あの人のことも……？）

身体の痛みはずいぶん楽になっていた。

まだぼんやりとした視界に、ベッドの傍に座るヤーレフの姿が映る。彼は二翼から持ち出してきた台帳を読んでいた。

傍にいてくれたことが嬉しくて、つい横顔をじっと眺めてしまう。

それを感じたのか、ふとヤーレフが視線を落としてきた。

「マシュアル……！」

そして目を見開く。

「おまえ、やっと気がついたのかよ、三日も眠ったままで俺がどれほど……っ」

ヤーレフはマシュアルを強く抱きしめてきた。

「ヤーレフ様……」

心配してくれたのが伝わってきて、じんと胸が熱くなる。

マシュアルは彼の肩口に顔を埋《うず》め、そろそろと腕をまわそうとした。けれども途端に片方の肩に激痛が走った。

「……うっ……」

はっとしたように、ヤーレフは顔を上げた。

「まだ動かすな。撃たれたの、覚えてるか？」

「はい……」

「弾丸は抜いたから安心していい……はずなのに目を覚まさねーから、ほんと焦った」

「抜いたって、ヤーレフ様が……？」

その言葉で、朦朧《もうろう》としていたあいだの記憶がわずかに蘇った。

(焼いた剣で傷口を切って、弾丸を抜いて、縫い合わせて――)

ぞうっとして、マシュアルは震え上がった。傷が更にずくずくと痛みを増したような気がした。

「そんな顔すんなって!」

マシュアルの悪寒が伝わったのか、ヤーレフは言った。

「昔は軍籍あったし、弾丸抜いたのも初めてじゃねーから、それなりにまともな治療だからな!」

野戦で負傷した兵の手当てを自らしたことがあったのだろうか。王子様なのに。こういうところ、らしいと言えばひどくらしいのだが。

「……意外と何でもできるんですね」

「まあな」

ヤーレフはようやくマシュアルを放す。

「気分はどうだ? ひどく痛むか?」

「それほどでもないです。……すみません。迷惑かけて」

手当てもそうだが、負傷して意識のないマシュアルを抱えて逃げるのは、ずいぶん大変だっただろうに。

「いろいろありがとうございました」

「何言ってるんだ」

ヤーレフは深くため息をつき、マシュアルの髪を少し乱暴に掻《か》き混ぜた。その感触は、マシュアルにはうっとりするほど気持ちがいい。

「だから、礼を言わなきゃいけねーのは、俺のほうだっての。俺をかばってくれたんだろ」

「かばったっていうか、気がついたら身体が動いてたっていうか……」

深く考えてしたことではないのだ。ただ、ヤーレフが撃たれるかもしれないと思ったら。

ヤーレフはまたくしゃくしゃとマシュアルの髪を撫でる。そして包帯の上からそっと肩にふれた。

「……痕が残るだろうな」

「そんな、もともと気にするような身体じゃないですから」

特別綺麗でもないし……と思ってふと、ファラーシャの姿を思い出す。あの人はきっと、傷一つない綺麗な身体をしている気がした。

（でも、ヤーレフ様が縫ってくれた傷痕なら残ったほうが嬉しい）

それはあの人にはないものだ。

マシュアルがそう言っても、ヤーレフはマシュアルの頭を撫で続けている。嬉しいけど、だんだん照れくさくなってくる。

「あ……あの……ところで、ここはどこなんですか？　塔の中じゃないですよね」

「ああ、知人の屋敷だ。いつまでも塔で暮らすわけにはいかねーからな。灯台もと暗しといっても、あいつにはいずれは気づかれる。ここは当面安全だから」

顔の広さは、長年収監されていてもそれなりに維持されているようだ。

それからヤーレフは、マシュアルのために厨房《ちゅうぼう》から食べ物をもらってきてくれた。いきなり重いものは無理だからと、スープ粥だ。

「そういえば、持ち出してきた台帳は、本当にオメガの売買について書いてあるものでしたか？」

上体を起こしてもらい、粥を啜《すす》りながら、マシュアルはずっと気になっていたことを聞いてみた。

「ああ」

「よかった！」

もし違っていたらどうしようかと思っていたのだ。マシュアルの情報のせいで、ヤーレフたちを無駄に危険な目に遭わせたことになってしまう。

けれども本物の台帳だったのなら、本当にラムジら他のオメガたちも救えるかもしれない。

「暗号になってるけどな」

「暗……号？」

耳慣れない言葉に、一瞬理解できなかった。

「多分、換字式――ってやつ。さすがに誰にでも読める状態で置いておくのは危険だと思ったんだろ。オメガを買った相手の名前が、すべて別の文字に置き換えて表記されてる。その法則なり鍵なりがわかれば読めるんだが……」

一冊渡されて見てみたが、たしかに購入者たちの欄が名前としておかしなものになっているようだ。

（そういえば……）

最初に手に取ってみたときにも違和感はあったのだ。けれどマシュアルにとってはそもそも文字はさらさら読めるものではないので、ぱっと理解できないことをあまり深く考えなかった。

「父上に渡るように手を考えるつもりだったが、これを解かずに渡しても認めてもらえるかどうか……。誰も解けないままぐずぐずしているうちに、あいつに回収されることもありうる」

「じゃあ、ヤーレフ様が解くんですか？」

「解ければな。俺だってやったことねーし、できるかどうか」

軽く肩を竦める。

とりあえず試みてはいるらしい。

「ヤーレフ様ならできますよ！」

と、調子よく励ましてみると、額を小突かれた。

すぐにでも国王に台帳を届けてオマーを失脚させ、オメガたちを救い出し、ヤーレフは復位――となるのかと漠然と思っていた。けれどそう簡単にはいかないようだ。

マシュアルはがっかりしたような、ほっとしたような、不思議な気分だった。

ヤーレフの無実が認められて復位したら、なんだか彼が手の届かない遠くへ行ってしまう気がしたからだ。

11

ヤーレフの知人だという屋敷の持ち主は、破落戸《ごろつき》の首領をしている男だった。

そんな知り合いもいたのか、とマシュアルは驚く。気さくな元王子様は、どこまで「気さく」だったのだろう。

首領は、オメガを使った商売にも手を染めているという。つまり売春の元締めだ。

マシュアルは同じオメガとして抵抗を覚えずにはいられなかったが、現状では彼のような存在がいなければ、更に悲惨な生活を強いられるオメガが大多数であることもまた事実だった。

（いつかは……俺も？）

今はヤーレフに保護されているようなものだが、いつまでもこうしているわけにはいかない。いつかは自分で発情抑制剤を買えるようにならなければならない。そのために大金を稼げる仕事と言えば、春を鬻《ひさ》ぐ以外に何があるのだろう。マシュアルは未だ思いつくことができなかった。

ヤーレフは暗号を弄《いじ》りまわしながら、合間に屋敷の仕事を手伝ったりしている。いつのまにか破落戸たちともすっかり仲良くなっていた。談笑したり酒を酌み交わしたりしている姿を、ときおり部屋の窓から見かけた。

以前から感じてはいたけれども、そういう人たらしなところがヤーレフにはあるのだ。

ムラトもたまに差し入れを持って密かに訪れ、暗号や今後のことについて話し合っていく。

マシュアルもなにか手伝いたかったが、字がろくに読めないのでは暗号解読の役にも立てないし、未だあまりベッドから離れられない身では、仕事もできなかった。

　動けない自分がひどくもどかしい。

（……そろそろ傷は良くなってるはずなんだけど……）

　掃除とか洗濯のようなことならできるのではないかと思うのだが、起き上がろうとするとひどい眩暈《めまい》や吐き気がする。

　弾丸を抜くときにだいぶ出血したせいか、貧血が尾を引いているようだった。

「……俺も何か役に立ちたいんですけどね……」

「ほらな、ちゃんと字を覚えときゃよかっただろ？」

「勉強はしてましたって！　覚えられなかったのはヤーレフ様の」

「お・れ・の？」

「ええっとぉ……俺の頭が悪いからです……」

「わかっていればよろしい。ま、おまえは俺の相手だけして、ゆっくりしてりゃいいんだよ」

「それが一番大変な気が」

「何だって？」

　ヤーレフはマシュアルに覆い被さり、軽く喉を掻く。

「気持ちよくさせてやってんだろ？」

「まあ、それは」

　そうなのだが、それがまずいというか何というか。

　ヤーレフはまだ本調子でないマシュアルの身体を気遣ってくれる。発情期が終わってフェロモンも発していないから余裕があるのか、気遣ってゆっくり、ゆっくり進めてくれる。

「ん……っ」

　ぬめりのある液体を絡めた指が、マシュアルの中に挿入《はい》ってくる。内襞を撫で、感じるところを探りはじめる。

　もうすっかり慣れてしまった身体を時間をかけて

広げていく。そんなにしなくてもいい、というほどに。

「あ、あ、それ……っ」

だめ、とマシュアルは首を振った。ぐちゅ……ぐちゅ、と断続的にいやらしい音が響く。指は二本に増やされ、広げられたり折り曲げられたりする。

「っ、ん、あぁっ……」

気持ちいいところを指で撫でられると、目の前が白くなるようなびりびりとした快感に襲われる。

「あ、あん、だめ、ああっ」

「だめ？　なんで？」

「それ、されたら、すぐ……っ、あぁっ……！」

いく、と思った瞬間、ヤーレフはそこから指を外してしまう。達し損ねた辛さで涙が零れた。

「ヤーレフ様、ひど……」

ヤーレフはちょっと笑い、それを唇で吸い取ると、口づけてきた。耳から首へとキスを落としていく。

「あ……っ」

唇が乳首に届いたとき、マシュアルは小さく声をあげた。

ヤーレフはそこを舌先で転がし、吸い上げて尖《とが》らせ、歯を立てる。

（ヤーレフ様の好きなところ……）

マシュアルはオマーから聞いた話を思い出す。執拗に乳首をかまわれ、乳房がないのが申し訳ないような気持ちにさえなる。

「あぁ、あ、あ、……っ」

甘噛《あまが》みされるたび、腰が浮き上がった。

マシュアルの中には、既に指が三本も出入りしていた。もうすっかり慣らされ、広げられた後孔の奥がずきずきする。

「あっ、んっ、あぁっ、んぁぁ……っ」

マシュアルはヤーレフの肩をぎゅっと摑《つか》んだ。

「も、もう……っ」

ヤーレフは、懇願するまで挿入しようとしないのだ。

マシュアルは両脚をはしたなく開き、ヤーレフの腰を挟みつけてねだる。

「早く……っ、きて……っ」

ヤーレフはマシュアルの脚を折り曲げるようにして抱え、開ききったそこへ押し当ててきた。

「あ、あ……あぁぁ……っ」

ずぶずぶと挿入ってくるそれはひどく熱かった。早く全部飲み込みたくて、マシュアルの孔は無意識に収縮する。

「あああ……っ」

奥まで届いた瞬間、マシュアルは思い切り腰を突き上げて達していた。

「あぁ……」

はあはあと息をつきながら、背筋を貫くヤーレフのものを断続的に食い締める。既にマシュアルの身体は次を求めはじめている。

（今、いったのに、またすぐにこんな……）

発情期でもないのに、自分の身体が信じられない。

「あ……っく、はあ……っ」

（オメガってこういうもの？）

ヤーレフはゆっくりと抜き差ししはじめる。痛くないぶん気持ちよくて、じれったくて気持ちよくて、

（おかしくなりそう）

すぐさま滅茶苦茶に突いて欲しいのに。

「ヤーレフ様……っ、もう……っ」

「うん？」

わかっているくせに問い返してくる。やさしくしているふりをして、本当は意地悪を楽しんでいるのではないかと思う。

「もう、いいから……っ」

「あんまり揺すると傷に障るからな」

「……っばか……っ」

でも余裕のあるふりをしながら、ちょっと切なそうに眉を寄せる彼の顔は大好きだ。我を忘れて胸をぱしぱしと叩《たた》くと、ヤーレフは笑った。

マシュアルの唇に口づけながら、少しずつ激しく動きはじめる。マシュアルはしっかりと彼の背に片腕をまわした。

台帳の解読に成功したのは、首領の屋敷に移ってから一月近く過ぎた頃だった。

売られたオメガの名前と売られた相手の名前、階級などとともに、過去に取引が行われた日付や場所も書かれていることがわかった。

そして次に売られるオメガと、取引の日にちと場所。

「ラムジ……」

その中には、ムラトの弟ラムジが含まれていた。

「今度の週末って、すぐじゃないですか……！」

「ああ」

「それに週末は……」

数日に亘《わた》って大きな市が立つ。そういう折には、『孔雀宮《カスル・ターウース》の華』――ヤーレフの同母弟ユーディウ王子がよく街に出て来るという。

そこを狙って接触を試みるつもりだったのだ。上手くいけば、彼を介して国王に台帳を渡すことができるはずだった。

「しかたないな。こっちが優先だ」

協力を得られるかどうかわからないユーディウをあてにしていては、間に合わない。

そもそも今のヤーレフは、脱獄犯として追われている身なのだ。弟とはいえ味方とは限らない。会った瞬間、捕まって塔に逆戻りもありうる。よく見極

めて慎重に動かなければならない。実際、ヤーレフの捕縛を命じられているのも異母弟のナバト王子だ。

「自分たちで動くしかない」

「すみません。ラムジのために……」

「いや、そもそもおまえの協力がなきゃ、塔から出られてねーんだから」

そうしたらマシュアルも二翼にとらわれたままだったのだ。

「こっちの動きを予測して、待ち伏せされている可能性もあるが」

それでも行くしかなかった。

「人手がいりますね」

「ああ。首領の手下たちから募る」

「協力してくれるんですか……？　ここの人たちってオメガを……」

オメガに売春させて商売をしている人たちではないか。

「首領とは話して了解はとった。オメガで商売をしていれば悲惨な境遇を見ることも多いし、もともと同情的ではあったんだ。利害が対立するわけでもないし……むしろ下心はあるだろうな」

「下心？」

「行き場のないオメガが保護されたら、商売に使おうっていう」

「……」

言葉を失うマシュアルの頭を、ヤーレフは撫でた。

「そういうことにはさせねーから」

マシュアルは小さく頷く。

「あの……俺にも銃の撃ちかたを教えてもらえませんか？　そうすれば少しは役に……」

マシュアルの申し出に、ヤーレフはにべもなく言った。

「おまえは、留守番」

「え、そんな……っ」

「まだ怪我《けが》も治ってないし、連れていけるわけねーだろ」

「もう大丈夫です！　あれから一ヶ月もたってるんですよ!?」

「けどまだときどきふらついて、座り込んだりしてるだろうが」

「……っでも、人手は必要だし」

「今回は足りる」

「でも」

「足手まといだっての」

そう言われると返す言葉がなかった。

実際体調を別にしても、体格的にも腕前も、破落戸たちのほうがマシュアルより遥かに役に立ちそうだった。短期間でヤーレフに心酔する者も増えたし、志願者にも事欠かないだろう。苦しい暮らしをするオメガの身内や愛人を持つ者もいる、という話を耳にしたこともあった。

「で……でも一人で待ってるなんて……っ」

ヤーレフがどんな目に遭っていても、たとえ撃たれて死にかけていてもわからないままでいるなんて。

「ラムジのことだって気になるし、ヤーレフ様だって、いくら強くてもこのあいだみたいに撃たれるかもしれないじゃないですか。俺だって盾ぐらいにはなれるかも」

「馬鹿、二度とやるな」

ヤーレフは怒気を含んだ声で遮った。彼のかわりにマシュアルが撃たれたことを、ずっと気にしているのはわかっているけれども。

「でも、もし……」

睨まれて、マシュアルはそれ以上続けられなくなる。

「……撃たれなくても、捕まったりしたら？」

「塔に逆戻りになるかもだけど、殺されることはねーよ」

「本当に？」

「ああ」

そうだろうか。反逆罪で、処刑をぎりぎり免れて捕まっていたのだ。脱獄して再度捕まって——塔に戻されるだけで済むものか？

とてもそうは思えなかったが、ヤーレフはそれ以上答えてはくれなかった。

「取引場所はここから遠くない。ほんの数日で戻るから」

「……っだいたい、そんな近い場所にも連れていけないような体調の相手に、ヤーレフ様はあんなことやこんなこと……むぐ」

今度は口ごと塞がれた。

「むうう」

マシュアルは手を剝《は》がそうと必死で暴れる。ヤーレフはなかなか放してはくれなかった。

「痛っ」

つい軽く歯を立ててしまう。

「ああもう、わかったから」

ヤーレフはようやくマシュアルを解放し、言った。

「連れていってくれるんですか!?」

「体調がよくなったらな」

「本当ですか？　絶対ですよ！」

「ああ。だからもう今夜は早く寝ろ」

「ヤーレフ様が寝かせてくれるなら」

軽口を叩いたとたん、頭をはたかれそうになり、マシュアルはさっと避《よ》けた。

12

「よかったんですか？　あいつ、すっげー怒りますよ」

　ムラトの言葉に、ヤーレフは軽く肩を竦めた。マシュアルにはああ言ったが、やはり連れていくわけにはいかなかった。

　体調が回復していないこともあるし、また前のように自分をかばって身を投げ出されたりしたら、と思うと恐ろしかった。

　マシュアルが眠っているあいだに、ベッドに縛り付けて出てきた。

（怒るよな、そりゃ）

　でも思い浮かべた怒った顔は、怖いというよりはやはり可愛い。

「何、にやけてるんですか？」

「え、いや別に」

　取引場所は、もともとは王族のものだった城を改装した高級宿泊施設だ。

　ヤーレフは、ここがまだ城だった時代に訪れたことがある。土地勘があったのは幸いだった。一晩駆けて到着し、密かに侵入して、取引の行われる部屋を探し出す。

　取引相手は外国の貴族だとわかっていたから、比較的簡単だった。本人自ら来ていなくても、遣わされているのも同国人である可能性が高い。宿泊者名簿からそれを洗い出せばいい。そういうことに長《た》けた者も首領の手下たちの中にはいた。

　そして現場を押さえ、オメガたちを無事保護。売買を請け負っていた業者を捕縛することに成功した。

　ラムジの姿もあった。ムラトの喜ぶ姿に目を細める。

だが、順調だったのはそこまでだった。引き上げようとしたときには、既に弟ナバト率いる軍警察によって建物は包囲されていた。オマーが情報を流したのだとしても、なかなかの手際だった。

（やるじゃん、ナバト）

小さな子供だった頃の印象ばかりが強いが、すっかり大人の男に成長しているようだった。

――ほんの数日で戻るから

けれどマシュアルとそう約束したのだ。捕まってやるわけにはいかない。

絶対に、帰らないと。

＊

――体調がよかったらな

（って言ったくせに）

ラムジたちを救出に行く日の朝、目が覚めるとマシュアルはベッドに縛り付けられていたのだ。ヤーレフたちは出発したあとだった。

（ヤーレフ様ひどい。ムラトまで一緒になって黙ってなくてもいいのに）

騙《だま》されて、マシュアルは腹が立ってたまらなかったが、納得しないわけにはいかなかった。

もともと剣や銃の腕もなければ体力さえもない。そのうえ体調も悪いとくれば、たしかに足手まといとしか言いようがなかったからだ。

心配で何も手に付かないマシュアルを、屋敷の下働きの少年が買い出しに誘ってくれた。

市の立つ日だった。

通りにはたくさんの出店があり、人出も多い。食料品や装飾品、日用品などの店が所狭しと並んでいた。

　ひさしぶりの賑《にぎ》やかな場所に、マシュアルの心は少しだけ浮き立つ。

　少しずつ体調は上向いていたし、一人で悶々《もんもん》としているよりは、街に出たほうがずっと気晴らしになった。

（ヤーレフ様と来たかったな）

　脱獄犯として手配されている彼もまた、これまで滅多に出かけたりはしていなかったはずだった。

（戻ってきたら誘ってみようかな）

　そんなことを考えながら歩いていると、ヤーレフの好きな食材ばかりが目についてしまう。

　首領の屋敷に来てからのヤーレフは、大勢で囲む鍋料理がお気に入りだ。

（ほんと、王子様らしくないんだよな）

　羊肉や鶏肉、野菜などを、オリーブ油を中心にしたソースで蒸し煮にした、割と適当なものだが、それだけに毎回味が違うのがいいという。

（あ、ラム肉）

　目について足を止める。

（ヤーレフ様、好きなんだよな。あと、ソースにすりおろした林檎を混ぜるのも）

　役に立てないぶん、せめてヤーレフの好きなものでもつくって待とうと、つい買い込んでしまう。

　そしてふと気づくと、一緒に来た少年の姿が見えなくなっていた。

（え……どこ？）

　マシュアルは周囲を見回し、近くを捜した。けれど彼は見つからない。

（嘘、はぐれた……？）

　どうしよう、と思う。屋敷の場所はわかっているから一人でも帰れないことはないが、距離があるから馬車がないと厳しいし、勝手に帰ったら少年が心配するかもしれない。

（あ、馬車を停めたところで待ってればいいのか）

そう思いついてほっとしたが、同時に急に疲れが押し寄せてきた。

本調子ではないのに歩き回ったせいだろうか。大量の荷物が重い。なんだか気分まで悪くなってくる。どこか座れるところはないかと、マシュアルは周囲を探した。

（あ……）

少し離れた屋台の店先に、ベンチがあった。

マシュアルはよろよろと近づいて飲み物を買い、その席に座り込んだ。脇の壁に凭《もた》れ、目を閉じて休む。

「――そういえば、またオメガの交流会を開こうと思ってるんだよね」

ふいにそんな言葉が耳に飛び込んできたのは、そのときだった。

（オメガの交流会だって⁉）

聞いたこともないような単語だ。そんなものがあるのかと思う。

マシュアルは無意識に耳を欹《そばだ》てた。

「また？」

「けっこう楽しかっただろ？　たくさん参加してくれたし」

「まあね。そういえば、ファラーシャってジブリールが言ってたとおり、凄い美人だったね。びっくりした」

（ファラーシャ⁉）

更に思いも寄らない名前が聞こえて、反射的に顔を上げてしまう。

すぐ傍の席で会話を交わしていたのは、黒髪と茶髪の小柄な青年たちだった。

「だろ？　七翼にいたっていうのには驚いたけどね」

（間違いない）

そんな美人で、オメガで、七翼――王子宮にいるようなファラーシャが、そうそう何人もいるわけがない。

（ヤーレフ様の恋人だったひとが、今は七翼……あの人の弟王子の宮に）

つまり囲われているということなのだろうか。

マシュアルはなんだかひどく複雑な気持ちになる。

この二人の青年は、どういう人たちなのだろう。

彼らはマシュアルに気づかず、会話を続けている。

「そういえば、七翼のナバト殿下は、脱獄したユーディウ殿下の兄上を追ってるんだってね？」

「そうみたい。二翼に強盗に入って、オマー大臣に重傷を負わせて逃げたって……」

（強盗!?）

マシュアルは再び耳を疑った。

ヤーレフが二翼に侵入したのは、マシュアルを助け出すためだ。二度目は台帳を奪うためだが、金品を狙ったものではなくオメガを救うためで、決して強盗などではない。

（デマだ）

おそらくオマーがヤーレフを貶め、自分の犯罪を隠蔽するために流したのだ。

そんな反論などできるわけもないのに、マシュアルはつい身を乗り出していた。

黒髪の青年の瞳が、ふとマシュアルを捉える。

（気づかれた）

はっとしてマシュアルは目を逸らした。席を立って去ろうとする。

「号外……！」

ちょうどそのとき、新聞売りの怒声と鐘の音が響いた。

「脱獄したアルファの元王子ヤーレフが、弟ナバト王子のオメガを攫《さら》って逃亡中！　このオメガがまた物凄い美人ときたもんだ、こんな事件はまたとないよ！　号外、号外……！」

（ナバト王子のオメガって……ファラーシャ……）

何故ヤーレフがファラーシャを？

（なんで？　まさか二人で駆け落ちとか？　……いやまさか）

あり得ないと思う。でも、だったら何故二人が一緒に逃げているのかわからなかった。

マシュアルはひどい眩暈を覚えた。

再び椅子《いす》に腰を下ろそうとするが、よろめいて失敗する。地面に激突する、と思った。

けれど衝撃はやってこなかった。

誰かの腕に、ふわりと受け止められる。

ぎゅっと閉じた瞼を開ければ、すぐ傍にヤーレフの顔があった。

「ヤーレフ様……」

戻ってきてくれたんですね、と口を開いたが、言葉にならなかった。

マシュアルはそのまま意識を手放していた。


「ん……」

目を開けると見知らぬ顔が……いや、先刻見かけた顔が二つ、マシュアルを覗《のぞ》き込んでいた。

「あ、気がついた」

「大丈夫？　気分は悪くないですか？」

口々に問いかけてくる。

「大丈夫です……」

ぼんやりと答えながら見回す。

ずいぶんと立派な部屋だった。首領の屋敷より、二翼のヤーレフの……いやオマーの部屋のほうに雰囲気は近い。調度は繊細で華やかなものが揃っていた。

と、突然その視界に白いものが現れて、マシュアルは動転した。

「く、孔雀《くじゃく》……!?」

思わず声をあげてしまう。

「あ……、この子、俺が飼ってる子で、アブヤドっていいます。アブヤド、ご挨拶は？」

と言っても孔雀が芸をするわけでもない。それでも、少し心はほぐれた。

「こんにちは、アブヤド。……マシュアルです」

名乗って手を出すと、孔雀は頭を撫でさせてくれる。

（可愛い。初めて孔雀にさわった）

というか、孔雀がいるなんて、本当にここはどこなのか。

「あの……」

そんな疑問が通じたのか、黒髪の青年が答えた。

「ここは四翼です……って言ってわかるかな」

「よ、四翼……!?」

王子宮の一つだ。たしかにそうであっても不思議はない立派な部屋だった。しかも四翼ということは、ヤーレフの同母弟ユーディウ王子の宮だ。

それを裏付けるように、二人が名乗った。

「四翼のユーディウ殿下のオメガで、ジブリールです」

「三翼のサイード殿下のオメガ、ミシャリです」

（ヤーレフ様の、弟王子たちのオメガ……）

「ど、どうして俺、そんなところに……」

動揺して、言葉も上手く出てこない。

「倒れたんですよ。覚えてませんか？」

（そういえば、街で具合が悪くなって……）

休んでいた店先で、ファラーシャの名前を聞いて思わず立ち上がろうとしたら、新聞売りが号外を売りに来て……あとの記憶がない。

最後にヤーレフの顔を見たような気がしたが、どうやらそれは気のせいだったようだ。

（偶然、ヤーレフ様の兄弟のオメガにたすけてもらったってこと……？）

物凄い確率の偶然だった。

（そういえば市が立つ日には、ユーディウ殿下が街に出て来ることがあるって話だったっけ）

ジブリールとミシャリも彼と一緒に来ていたのだろうか。

「近くに同行の人もいないみたいだったから連れてきちゃったんですけど……誰か一緒に来てた人がいました？　家の人が心配してるなら、住まいを教えてくれれば使いを出しますけど」

と、黒髪のほう……ジブリールは言った。

「あ……いえ、大丈夫です」

目が覚めたのだから帰らなければ。こんな高貴な人の住まいに、いつまでも世話になっているわけにはいかない。

「あ、まだ寝てたほうが」

マシュアルは起き上がろうとしたが、ジブリールにベッドに押し戻された。

「でも」

「あの……意識が戻らないから、こちらでお医者様に診てもらったんだけど」

「えっ」

ジブリールはやや躊躇《ためら》いがちに言った。そこまで世話になってしまったのか、とマシュアルはひどく恐縮する。

「す、すみません……っ、すっかりご迷惑をかけてしまって……っ」

「いえいえ、それはかまわないんですけど、ただ貧血気味だそうなのでもう少し休んだほうがいいと……子供にも影響が出ることもあるそうなので」

「子供？」

「ええ」

「子供って？」

「あの……お腹の……。もしかして気がついてなかったんですか？」

マシュアルは呆然と頷いた。二人は顔を見合わせ、目をまるくする。

「まだ初期だから無理もないですよね。……でも、おめでとうございます。あなたもオメガだったんですね」

「こ……子供……俺が……？」

（ヤーレフ様の……）

「……」

発情期に交合したのだから、当然ありうる話だった。

けれども初めての、しかも強制的な発情に混乱したままで、そこまで考えが至っていなかった。

マシュアルは無意識にぎゅっと自分の身体を抱き締める。自分の中に、ヤーレフの子供がいるのだと思うと、そうせずにはいられなかった。

（……嬉しい）

じわりと涙ぐむ。

（どうしよう、嬉しい）

素直な気持ちが胸の奥から湧き上がってきた。でもこれは、喜んでいいことなのだろうか？

（……ヤーレフ様は？）

おそらく彼は、マシュアルに縋られて、突き放すことができずに応えてくれただけだったのだと思う。その先のことなんか考えもせずに。

しかもあの号外によれば、ファラーシャと一緒に逃げているのだ。

「……ご主人か、つがいのかたにご連絡取ったほうがいいですよね？」

そう問いかけられて、マシュアルははっと我に返った。

「い……いませんから、大丈夫です」

咄嗟《とっさ》に答えた。

ヤーレフはマシュアルのつがいでも夫でもない。

ただでさえ負担になっているのに、その役を担わせていいのかと思う。簡単にヤーレフに告げられる気がしなかった。

「いないって」

二人の眉が気の毒そうに寄せられる。相手のわからない子を身籠もったと誤解されたのだ。

「……迷惑かけられる相手じゃないんです、だから」

それが辛くて、言い訳のように口にしてしまう。

「迷惑かどうかわからないでしょう。お相手に聞いてみないと……」

「あの」

話題を変えたくて、マシュアルはジブリールの言葉を遮った。

「……街で倒れたとき、ちょうど号外が来て……。本当なんですか、……脱獄した元王子様が、……別の王子様のオメガを連れて逃げてるって」

ジブリールとミシャリは、再び顔を見合わせた。

「……号外にはそう書いてあったけど、ああいうのは間違いも多いし、情報との時間差もあるのであまり真に受けないほうが……」

「……そうですか……」

やはり記事の内容は新聞売りが喋っていたとおりだったようだ。誤報なのかもしれないが、はっきりと名前まで出ていてその可能性は低い気がした。

「あの、もしかして……」

ジブリールは遠慮がちに問いかけてきた。

「さっき倒れたとき、『ヤーレフ様』って言いませんでした？」

「えっ」

そういえば意識を失う直前、ヤーレフの顔を見たような気がしたのだ。口に出したつもりはなかったけれど、無意識のうちに出ていたのだろうか。

「もしかして、お腹の赤ちゃんの父親って、ヤーレフ殿下なん……」

「ち、違います……っ」

マシュアルは反射的に否定した。

うっかり余計なことを言ったら、どんな迷惑になるかわからない。追われる身のヤーレフのことを、兄弟のオメガとはいっても安易に喋るわけにはいかない。ましてや今は、アルファの王子たちが玉座を争っている最中なのだ。何が起こっても不思議はなかった。

「そんな人、知りません。……いろいろお世話になってしまって、本当にありがとうございました。今日の診察代は……」

マシュアルは慌てて辞そうとした。

持っている分で足りるだろうかと思いながら財布を取り出す。自分の金ではなく、買い物のために預かっていたものだから、あとでどうにかして返さなければならないが。

その手を、ジブリールがぎゅっと押さえた。

「気にしないでください」

気にせずにはいられないが、そもそも王子宮の侍医の診察代なんて、マシュアルが払えるような額ではないのかもしれない。

「すみません。せめてこれを」

巾着を押しつける。

未だ眩暈がしたが、なんとかそれでも立ち上がる。

「帰らないと、家の人たちが心配すると思うので……」

「あの、よかったら送って……」

「これ以上ご迷惑をおかけするわけにはいきません。失礼します」

マシュアルは深く頭を下げた。

（せっかく親切にしてもらったのに、失礼だったかな……）

　どうせユーディウ王子と接触する計画はあったのだ。ヤーレフのことを話してしまったほうがよかったのだろうか。けれども味方とは限らない相手に勝手に近づいてもいいものかどうか、マシュアルには決心がつかなかった。

　四翼を出て、ふらふらと街へ向かう。

　もう二人と顔をあわせる機会もないだろうが、ヤーレフの兄弟のオメガに会えたのは、ちょっと嬉しかった。

（いい人たちだったな。ヤーレフ様が戻ってきたら、話してあげよう）

　でも、戻ってきてくれるのだろうか。

（昔の恋人を攫って逃げているのに……？）

　帰ってきてくれる気がしなくて――また会えるような気がしなくて、マシュアルは怖くてならなかった。

――ほんの数日で戻るから

と、ヤーレフは言っていたけれども。

（帰ってこなかったらどうしよう）

　けれどももし帰らなくても、彼がファラーシャと逃亡してしあわせなのなら、邪魔をする権利なんてマシュアルにはない。

（……もともとヤーレフ様は、俺のことなんか好きでもなんでもないんだから）

　弟分に対するような好意や、手を出してしまった責任感のようなものがあるだけで。

　最初からわかっていたことだ。

　彼の同情につけ込んで、罠にかけるようにして抱いてもらったのだ。

（ヤーレフ様が、本当に好きな人のところへ行ったって、責めるような筋合いじゃないんだ）

　愛されてもいないのに、義務感で傍にいてもらうのは違うと思う。

子供のことを知らせれば見捨てたりはしないだろうけれど、でもそれはまた彼を義務で縛り付けることになる。何も知らないまま行ってしまったほうが、ヤーレフのためかもしれない。

（あの人が、駆け落ちしてしあわせになるなら、黙って見送ってあげるべき）

（幸い、しばらくのあいだなら首領の屋敷に置いてもらえるだろうし……あそこで働いて抑制剤を……働いてって、売春するってこと？）

そう思った途端、全身に悪寒が走った。

（……いやだ）

発情させられたときヤーレフを求めたのは、相手がヤーレフだったからだ。

（ほかの誰にも抱かれたくない）

けれどもマシュアルには、毎回発情抑制剤を買う金を手に入れるような手段はない。——売春以外には。

「マシュアル……!!」

ふいに声をかけられて、マシュアルははっと我に返った。

顔を上げると、一緒に市に来た少年が、こちらに駆けてくるところだった。

いつのまにか馬車置き場まで戻ってきていたのだった。

すっかり日が暮れ、市も終わって既に人気はほとんどなかった。

「どこ行ってたんだよ……！ もうどうしようかと思った。おまえがいなくなったりしたら、ヤーレフ様になんて言ったらいいか」

「……ヤーレフ様……」

半ば無意識に呟《つぶや》くと、彼は眉を顰めた。彼もまた号外の記事を読んでいたのだろうか。

「帰ろう。首領のところに何か連絡が来てるかもしれない」

マシュアルは頷いた。

もし帰ってこないとしても、世話になった首領のところには何らかの連絡は入れてくるはずだ。ムラトや、他に同行した首領の手下たちだっている。

そして馬車に乗り込もうとしたときだった。

ふいに腕を掴まれ、強く引っ張られた。バランスを崩し、マシュアルは転びそうになる。地面に倒れるかと思ったが、その身体は屈強な男に受け止められていた。

そのまま拘束され、引きずられる。

「ちょっ……放せ……っ!!」

マシュアルは暴れたが、簡単に口を塞がれ、近くに停まっていた別の馬車へと連れ込まれた。

中にいた男の姿を見て、マシュアルは思わず叫びそうになった。

「オ……」

けれども口は塞がれたままで、声にならない。

オマーだった。

「マシュアル……っ」

少年が駆け寄ってくる。

彼に、オマーは言った。

「マシュアルは私が預かる。返して欲しければ、二翼から盗んだものを持って私の別宅に一人で来るようにと、ヤーレフが戻ってきたら伝えなさい」

答えも聞かずに、馬車が出発する。

「マシュアル……!」

マシュアルは必死でもがいたが、逃げ出すことはかなわなかった。

13

連れていかれたのは、街から少し離れた屋敷だった。

二翼よりだいぶ簡素だが、古くてどこかおどろおどろしい。

「この頃使っていなかったから、やっぱり少し埃《ほこり》っぽいな」

オマーはソファにゆったりと腰掛け、マシュアルは縛られて、その足下に転がされていた。扉の内側には——多分外側にも、銃を持ったオマーの私兵がいる。

「私が昔住んでいた家だよ。ヤーレフが来たことはない。また二翼のときのように出し抜かれても困るからね」

と、彼は言った。

「まさかあんな仕掛けがあったとはね。さすがに昔国王陛下の宮だっただけのことはある……。アルファ第二王子であられた頃から、万事に抜かりなく警戒を怠らないかただった」

マシュアルはきっとオマーを見上げた。

「こ……こんなことをしたって無駄だから……っ」

「そうかな？」

「号外見てないのかよっ……、高貴な人は見ないのが普通かもしれないけど……っ」

「見たよ」

オマーはあっさりと言った。マシュアルは少し驚く。

「だ、だったら……っ」

「ヤーレフは一応逃げ切ったよ」

「え……」

彼の元には、既にそういう情報が入っているようだ。

（よかった……）

彼が捕まらずに済んだことに、マシュアルはほっとした。

ヤーレフはああ言っていたけれど、冷静に考えれば今度こそ処刑されることも十分考えられたのだ。

けれども逃げ切って、彼はどこへ行ったのだろう？

（ファラーシャと……？）

「でも、人質を助けるために、ここへ飛び込んでくるだろうね」

確信を持った響きに、マシュアルは眉を寄せた。

「手をつけた相手を見捨てていける男なら、そもそも二翼におまえを助けになど来なかっただろうよ」

ヤーレフの性格からすればそうかもしれない。だが今は事情が違う。昔の恋人と、一緒に逃げているのに。

そもそもヤーレフが首領の屋敷に戻らないままなら、マシュアルが捕まっていることを知ることもないのだ。ヤーレフは、マシュアルが首領の屋敷に匿われて暮らしていると思っている。置いていく罪悪感もさほどないはずだ。

しかも一人で来いなんて、捕まりに来るようなものなのに。

「……どうして俺があそこにいるってわかったんですか？」

「ヤーレフならいずれ暗号を解くだろうと思っていたからね。きっと来ると思って、取引場所に間者を配置してあったんだ。台帳を奪われたのは失策だったが、そうなったからには状況を利用しないと」

と、彼は言った。

「たとえナバト殿下がヤーレフを取り逃がしても、状況は私に逐一入るようになっていた。ヤーレフと行動を共にしていた仲間がどこの破落戸で、アジトはどこか、調べるのは難しくなかった」

首領の屋敷に部下を張り込ませ、外出したマシュアルを捕まえたということか。

「潜んでいればそうそう手は出せなかったのに、出かけるなんて馬鹿だね」

「……」

マシュアルは唇を噛む。

「まあ、もしヤーレフが来なかったら、おまえをいたぶって溜飲を下げるとしようか。それはそれで楽しいかもしれないね」

ぞうっと背筋が冷たくなった。

彼に犯されたときのことが頭を過った。もう二度とあんな目には遭わされたくない。

(でも、台帳を渡すなんて駄目だ)

あれがあれば、ヤーレフは復位できるし、オマーも失脚させられる。オメガたちだって助けられるかもしれない。なのに、それを自分のために手放すなんて。

(だけど、俺はどうなってもいいけど、この子は……?)

身籠もった身で乱暴されたりしたらどうなってしまうかわからない。

「……さっきから、ずいぶん気にしているね」

はっと顔を上げれば、オマーは目を眇《すが》めていた。その視線はマシュアルの腹にある。マシュアルは無意識に、腹に手を当てていたのだった。

「べ……別に、ちょっと腹具合が良くなくて……手洗いに行きたいから、ちょっと解いてもらえると嬉しいんですけど……」

マシュアルは言い訳をしたが、オマーは聞かなかった。

「ヤーレフの子を身籠もっているのか?」

「まさか……！」

「へえ……オメガっていうのは本当に簡単に孕《はら》むんだな。その割にはニザールの子はさっぱりだが」

オマーの瞳は、見たこともないような輝きを帯びていた。

「失敗したな。ヤーレフに知らせなければよかった、おまえが私の手にあることを」

恐ろしさで、ますます身体が凍りつく。

孕んでなどいないと言っても、絶対に信じてはくれないだろう。

（殺される……!?）

オマーの言葉の意味はよくわからなかったが、彼にとってヤーレフの子どもは邪魔でしかないのではないか。

（逃げないと……！）

でも、どうやって。

「ほ……解いてください……っ、手洗いに、行かないと、漏らしてしまいます……っ」

情けないが、これくらいしか思いつかない。オマーは鼻で笑った。

「逃がすはずがないだろう？　身籠もっているおまえを。漏らしたければ漏らすがいい。ヤーレフの子を孕んでいるおまえの惨めな姿を見るのは楽しい」

「なんでヤーレフ様のこと、そんなに嫌いなんですか……!?」

そんな問いが口を衝いて出ていた。

「――おまえは、いけ好かないと思ったことはないのか？」

「……そりゃ、たまには意地悪だったりすることもありますけど……でも、俺は好きです、ヤーレフ様のこと……！」

オマーがふ、と遠い目をした。

その瞬間、マシュアルは何かを感じ取る。

（……もしかしてこの人……）

――ヤーレフに知らせなければよかった、おまえが私の手にあることを

彼がそう言ったのは、ヤーレフの子供を自分の手《て》許《もと》で育てたかったという意味だったのではないか？

（いや、まさか。投獄なんて、好きな人にできる仕打ちじゃない……）

それどころか、家族の嘆願がなければ、ヤーレフは処刑されていたかもしれなかったのだ。

「……やるかやられるかだった」

オマーが呟いた。

「彼をスケープゴートにしなければ、こちらが失脚していた」

「親友を陥れるなんて、良心は痛まなかったんですか……!?」

「いや、別に？」

オマーは笑みさえ浮かべていた。

「……っ……」

マシュアルが怒りにまかせて何か言い返そうとしたとき、扉を叩く音がした。

「何だ？」

と、オマーが問う。

「ヤーレフと名乗る男が取り次ぎを願い出ております」

「通せ」

（ヤーレフ様……!!）

来てくれた。

（本当に来てくれた）

そう思った瞬間、喜びが突き上げる。彼のためには来ないほうがいい――そう思っていたはずなのに。

警備兵に背中に剣を突きつけられた姿で、ヤーレフは部屋に現れた。

「……ナバト殿下からは、無事に逃げ切ったようで何より」

オマーはヤーレフに語りかけた。

「ファラーシャを人質にしたそうだね。人を呪わば穴二つ……格言っていうのは、それなりに真実を突いているものなんだね」

「はん」

「台帳は？」

「ここに」

「だめ!!」

マシュアルは叫んだが、ヤーレフはどさりと鞄を足下に置いた。

「……本物かな？」

問いに答えるように、適当に一冊取り出し、彼の後ろにいた警備兵に渡す。警備兵がそれをオマーに届けた。

オマーはぱら、と中を見て頷いた。

「マシュアルを返せ」

「取引に応じてくれてありがとう。でも――気が変わったんだ。こっちが圧倒的に有利なのに、渡す必要があるかな？」

「な……っ」

声を上げてしまったのは、マシュアルだった。

オマーは無視して続ける。

「この子は、腹の子ごと私がもらおう」

「は……？　何だって？」

呆然とヤーレフがマシュアルを見た。

「知らなかったのか？　もしかして別の男の子どもとか？」

「そんなわけないだろ……っ!!」

思わずマシュアルは怒鳴った。オマーは軽く笑った。

「ふふ。どっちにしろ君が会うことはできないよ、ヤーレフ。子供は私の手許で産ませて、せいぜい可愛がって育ててあげよう」

可愛がる、が文字通りの意味でないことが、言わなくても伝わる。マシュアルは無駄と知りつつ縄を

解こうともがいた。

「そして君は今度こそ蜂の巣だ。忠告ありがとう」

「まったく、どこまで卑劣になれるんだか……!」

ヤーレフは吐き捨てた。そしてちら、とオマーの背後へ視線を向ける。

その瞬間、撃て、と合図しようとしたオマーの声を遮って、怒声が響いた。

「武器を捨てろ!!」

オマーの首には、背後から剣が押し当てられていた。

「ニ、ニザール様……!?」

深く被った帽子の下に見えた、思いもよらない男の顔に、マシュアルは瞠目した。警備兵の姿でヤーレフを連行してきたのは、ニザールだったのだ。

「形勢逆転」

ヤーレフが唇の端を上げる。

「陛下の奴らは薬を焚《た》いて眠らせた。やっぱふだん使ってない別宅は手薄だよな」

オマーが目で合図すると、室内の兵たちが武器を投げた。

ヤーレフがマシュアルの縄を解いてくれる。

「何故、ニザールが……」

一人で来いと言ったはずだ、とオマーは呻く。

「来たぜ、一人で。ニザールとはばったり会ったんだ」

「そんな馬鹿な」

「こいつはこいつで、おまえに別の用があったみたいだぜ。いくら賢く立ち回ってるつもりでも、敵を作りすぎればこういうこともおきるんだな」

オマーがニザールへ視線を向ける。ニザールは剣を押し当てたまま言った。

「……ぼくの娘をどうした?」

（娘……）

二翼のオメガが産んで、ニザールにさえ行方がわからなくなった女の子のことだ。ニザールは、本当はずっと彼女のことを気にし続けていたのか。

「娘？　ああ……あの」

「どこへやった!!」

オマーは鼻で笑った。

「どこへ売ったんだったかな。アルファの王子にはなりえない娘など、どうだっていいだろう」

「貴様……っ!!」

激昂《げきこう》するまま、ニザールが剣を振り翳したそのときだった。

多数の足音が聞こえた。それは次第に近づいてくる。

反射的に視線を向けた瞬間、扉が開いた。

兵を引き連れて現れたのは、輝くような金髪の美丈夫だった。

「ユーディウ殿下……」

オマーが呆然と呟いた。

「何故ここへ？」

（この人がユーディウ殿下……ヤーレフ様の同母弟）

『孔雀宮の華』の二つ名にふさわしい美貌《びぼう》と華やかさに目を見張る。同時に、マシュアルはふいに気づいた。

（あ……この人）

彼の姿を見るのは初めてではなかった。街で倒れたとき、意識を失う直前に見たのがこの顔だったのだ。おそらく咄嗟に抱きとめてくれたあの一瞬、マシュアルは彼をヤーレフだと見間違えたのだ。

（やっぱり似てる……兄弟なんだ）

けれど彼が何故この別荘に現れたのだろう。不思議に思ったのはマシュアルも同じだった。

「――ユーディウ殿下」

オマーが続ける。

「私の別荘に断りもなく踏み込まれるとは、いかに殿下でも……」

「失礼。だが取り次いでもらおうにも、陛下に誰もいなかったので」

ヤーレフたちが片付けたからだ。

「私のオメガから、あなたが友人を拉致誘拐したと訴えられ、事実関係を確認に来たのだが——どうやら事実だったようだな」

（ジブリールだ……！）

彼はユーディウ王子のオメガだと言っていた。

ジブリールが、マシュアルが攫われるところを見ていた——おそらく心配して、四翼からずっと見守ってくれていたのだ。

「オメガを一人連れてきたくらいでこの騒ぎですか。四翼のオメガの友人とは知りませんでしたが——」

「ユーディウ」

オマーの言葉をヤーレフが遮った。

「こいつは長年、オメガの違法売買を行っている。そこに証拠がある」

「……っ」

オマーが阻止しようとするのを、ニザールが剣で止めた。ユーディウが台帳を拾い上げ、捲《めく》った。

「……動かぬ証拠があっては、父上にご報告するほかない。——拘束して連行せよ」

「はっ」

「こんなことをしてただで済むと思っているのか……！」

オマーは暴れたが、片腕を失った身で、屈強な男たちに抗《あらが》えるはずもなかった。

ユーディウの部下たちに連れられていく。ユーディウは最初からこうなることを予期して、部隊を連れてきたのではないかという気がした。

それを見送って、ヤーレフはマシュアルの手を引いて立ち上がらせた。

「ヤーレフ兄上」

ユーディウが呼びかけ、二人は向かい合う。これは何年ぶりの兄弟の邂逅なのだろう。

「おひさしぶりです」

「ユーディウ。大きくなったな、って言うのもなんだけど」

長いあいだ面会は勿論、手紙のやりとりさえ許されてはいない。見つめ合ったまま、なかなか言葉が出てこないようだった。

(抱き合って再会を喜ぶ……とかは、しないんだな)

と、マシュアルは思う。

ヤーレフはマシュアルのことを、

「うちのマシュアルだ」

と、簡単に紹介した。

「こいつは同母弟のユーディウ」

「……マシュアルです。今日は本当にありがとうございました」

マシュアルは頭を下げた。

「初めまして……ではないんだが、私を覚えているだろうか?」

と、ユーディウは言った。

「あ……はい、街で助けていただいたときのことですよね？　あのときも、本当にありがとうございました」

ユーディウには助けられてばかりだ。

「何の話だ」

ヤーレフが口を挟んでくる。

マシュアルは街で倒れたときのことを説明した。

「ジブリールさんとミシャリさんにも凄くお世話になってしまって……」

「いや、たいしたことはしていないので」

やはりユーディウはジブリールから、マシュアルがオマーに攫われたことと、ヤーレフのオメガかもしれないことを聞き、駆けつけてくれたのだった。

「ところで、そちらの事情も説明してくれませんか」

と、ユーディウは言った。

「私はあなたのオメガが拐《かどわ》かされたとしか聞いていないんですけどね」

「それだけでこんな部隊を率いては来ないだろ？」

「……まあ、そうですね。こちらでもずっとオマーを仕留める計画は進めていたので」

「うん」

ヤーレフの中では想定されていたことだったのだろうか。彼は頷いた。

「兄上こそ、単身で乗り込んで、どうにかなると思っていたんですか」

「無策で来たわけじゃねーよ」

「まあ昔からそうでしたね……どんな綱渡りでも、状況を利用してどうにかしてしまう。ナバトのこともずいぶん手こずらせたようですね」

ヤーレフは軽く肩を竦めた。

脱獄の経緯や、そもそも濡《ぬ》れ衣《ぎぬ》を着せられて投獄された経緯、これからのこと……話さなければならないことは、二人のあいだに山ほどあるはずだった。

邪魔をしてはいけないと、マシュアルは少しだけ身を引く。

（でも、これですべてが片付く）

台帳をユーディウ王子に預ければ、国王に繋がる。

ほっとしたのと同時に、マシュアルは重い寂しさを覚えた。

（これで濡れ衣が晴れて、ヤーレフ様は復位できる。そうしたらきっと、元いた世界に帰っていく）

それを止めることはできない。

「マシュアル」

ふいに後ろから声をかけられ、振り向くとニザールが立っていた。

「……ニザール様」

マシュアルは彼に頭を下げる。

「助けていただいて、ありがとうございました。……でも、どうしてここに？」

偶然会ったとヤーレフは言っていたが、どういう事情でそうなったのか、見当もつかなかった。

「……おまえがヤーレフに連れ去られたあと」

と、ニザールは言った。

「いろいろ考えて、いなくなった娘のことをハリーファに問いただそうと決めたんだ。療養中でなかなか二翼に来ないから、こっちからオマー家に行ったら、ちょうど別宅へ出かけたと言われた」

そしてニザールはこの別宅へと向かった。

「そうしたら、入り口でヤーレフ兄上と鉢合わせしたんだ。そしておまえが捕まっているから協力しろと言われた」

「それで助けてくださったんですか」

「べ……別におまえのためじゃないけどな」

「王女様のことを聞くためですよね。わかってます」

マシュアルがそう言うと、ニザールはため息をついた。

「……まあな」

それでも助かったことに変わりはない。ニザールとのあいだに友情のようなものが存在する気がしていた自分は間違っていなかったのだと思うと、マシュアルは嬉しかった。

「あの……俺もまだあまり読めてないですけど、ヤーレフ様が暗号を解いてくれたので、台帳を見れば手がかりが摑めるかもしれません」

「そうだな。——マシュアル」

「はい」

「二翼に……」

ニザールが何か言おうと唇を開く。

その瞬間、マシュアルは後ろから勢いよく肩を抱かれ、つんのめりそうになってしまった。

「ヤーレフ様……っ、何ですか、いきなり……っ」

「何話してるんだ？」

「え、あの」

「――やらねーって言っただろ？」

という科白は、ニザールに向けられたものだった。

（え？）

「おまえは自分のことでも心配してろよ。無傷で済むとは限らねーぞ」

そう――オマーが二翼の後ろ盾であった以上、ニザールも無事では済まないかもしれないのだ。彼の犯罪を、薄々わかっていて放置していたのだろうから。

「覚悟はできてるさ」

「台帳はユーディウに渡した。あとで見せてもらえ」

それだけ言うと、戸惑うマシュアルの頭を押す。

「帰るぞ」

「え？　あの、もういいんですか？」

ヤーレフとユーディウを交互に見る。

「ああ。また改めて訪ねるから」

「私としては四翼に泊まって欲しかったのだが」

「仲間に報告しねえとな」

心配してくれているかもしれない。

再びお礼を言って、マシュアルはヤーレフとともに別荘をあとにした。

14

首領の屋敷に着くと、屋敷に暮らしている手下たちが温かく迎えてくれた。

ヤーレフたちが救出してきたオメガたちもいた。

マシュアルにとっては二翼にいた頃の仲間になる。

マシュアルは皆と再会を喜んだ。

（みんな無事で、売られずに済んでよかった。……これからが大変だろうけど）

そしてそれはマシュアルにとっても他人事ではなかった。

マシュアルが買ってきた材料も使って、ヤーレフの好きな鍋と酒で賑やかに宴をした。

部屋へ戻ったときには、ずいぶん遅い時間になっていた。

そのままベッドに転がりたいくらい疲れていたが、ヤーレフのほうがもっと疲れているはずだと思う。

「お湯使います？　すぐ用意しますね……っと」

ばたばたと浴室へ行こうとしたところを後ろから抱きつかれ、引き倒すようにベッドに転がされる。

「ヤーレフ様、ちょっと……」

「子供、できてたんだって？」

耳許で問いかけられ、どきりとする。オマーにばらされて以降、落ち着いて話をするのは今が初めてだった。

「なんで言わねーんだよ？」

「……俺だって今日知ったんですよ」

まだあまり実感がないくらいなのだ。

マシュアルは、ジブリールたちが呼んでくれた医師に診断してもらった経緯を話した。

ヤーレフは覆い被さるようにマシュアルを抱き締

めてきた。ひさしぶりの感触に、なんだかどきどきする。

「……身体、大丈夫か」

「はい」

「よかった」

少なくとも不快に思われているわけではないらしいことは伝わってきて、ほっとした。

ヤーレフはマシュアルの髪に顔を埋めて、深く息を吸い込む。マシュアルは、一日いろいろあってまだ風呂にも入っていない自分が、急に恥ずかしくなった。

「く……臭くないですか、俺」

「おまえの匂いがするな」

「そ、それ臭いってことですか……!?」

ヤーレフは軽く笑った。

「……どうにか戻ってきたかと思ったら、おまえが攫われたって聞いて、生きた心地がしなかった」

「……すみません。迷惑ばかりかけて」

「おまえのせいってより、俺のせいだろ。……でも、これであいつも終わりだ。もう邪魔されることもない」

「……オマー様は、これからどうなるんですか？」

「父上次第だが、あれだけ多くのオメガを売買したんだ。生涯塔に繋がれるか、処刑されても不思議はねーな」

「……そうですか」

それがヤーレフの中で傷にならなければいいと思う。

ヤーレフの重みがひどく心地よくて、それ以上に嬉しかった。

（もう会えないんじゃないかと思ってた）

背中に腕をまわし、ぎゅっと抱き締め返す。

「……よかった……帰ってきてくれて」

ふと口を衝いて出る。

「帰るって言っただろ。この俺が捕まるとでも思った？」

マシュアルは小さく頷いた。それもたしかに心配でたまらなかった。

「馬鹿」

「……それに、号外で……」

「号外？」

「ヤーレフ様が、ナバト殿下のオメガと、駆け落ちしたって」

「はあっ？」

ヤーレフは顔を上げた。

「何だ、それ？」

「一緒に逃げてたんじゃなかったんですか？」

「一緒に逃げたっていうか、あいつはナバトの……軍警察の指揮官のオメガだったからな。人質にしただけだ。駆け落ちなんかするかよ。もうナバトに返した」

ヤーレフの口からはっきりと聞いて、マシュアルは少しだけほっとするけれども。

「……それでよかったんですか？　昔の恋人だったんでしょう？」

「そんなことまで号外に書いてあったのかよ」

「ニザール様から聞きました」

「ニザールの野郎……」

ヤーレフはため息をついた。

「恋人なんかじゃねーよ。従弟だし、仲はよかったけどな。でも十五にもならない子供の頃の話だよ」

「……凄い綺麗な人ですよね。あんな人、初めて見ました」

「見たっていつ」

「二翼に潜入した日、樵小屋みたいなところで……朦朧としてたんですけど、ときどき意識が戻ってて」

「ああ……」

あのときか、とヤーレフは言った。

「でもあれは逢い引きとかじゃねーからな。偶然会ったから、薬を頼んだんだよ。二翼から逃げる途中でおまえが撃たれて、どっかで手当てしたくて王子宮の裏手にある森の樵小屋に立ち寄った。そこで偶然ファラーシャに会ったんだ」

「そんなところで、偶然？」

「森の湖の畔で、なんだか王子宮のオメガたちが集まって宴会みたいなことやってたんだよ。俺にもよくわからねーけど」

「オメガの交流会みたいな……？」

「そんな感じ」

ジブリールが言っていたものだろうか。

「まあ、昔父上が王子だった頃は、俺たちもあそこで遊んだりしてたんだけどな。……ともかく偶然ファラーシャに会って、七翼から薬を持ち出してくれるように頼んだんだ。弾丸を抜いたあとを何とかしないといけなかったからな」

（俺のため）

マシュアルはそのことを噛み締める。

「じゃあ、ヤーレフ様はあの人のこと、好きじゃないんですか……？」

「ないない。たしかに美人だったし、王族でも並ぶ者がなかったけどな。考えてみれば初恋ではあったのかもしれねーけど、どっちにしても十年以上前の話だよ。今はあいつは弟のオメガだし、それ以上のなんでもない」

煮えきらねーから、ちょっと煽ってやったりはしたけどな、とヤーレフは笑った。

「そんなことで、俺が帰ってこないかもしれないとか思ったのかよ」

「……」

「え、俺ってそこまで信用ねーの？」

「……そういうわけじゃ……」

いろいろ駄目なところはあるけれど、信用してはいるのだ。ある意味凄く。

でも、だからこそ責任感で縛っていいのかと思う。

(何年も塔の中に閉じ込められていたヤーレフ様を、俺がこのあともずっと……?)

「……マシュアル」

「はい」

「つがいになろう」

「え」

マシュアルは思わず目を見開いて、ヤーレフを見た。

(つがい……)

その言葉が胸にじんと響く。

(つがいになる……ヤーレフ様と?)

「……本気で言ってるんですか?」

「当たり前だ。冗談で言えることじゃねーだろ。なんでそんなに驚くんだよ?」

「え。いや……」

驚くには値しないのかもしれなかった。ヤーレフが責任を取ろうとしてくれるかもしれないと、考えたことはあった。

――こうなったからには責任取らないと。ね、ヤーレフ様。つがいにして一生面倒見てやるんでしょ?

ムラトの言葉が耳に蘇る。

(でも)

「……そんな、無理してくれなくてもいいんですよ」

「は?」

「……こういうことになったのは、俺が抱いて欲しいなんて頼んだからで、ヤーレフ様にはあんまり責任ないですし……」

「別に責任感で言ったわけじゃねーよ」

「でもヤーレフ様、俺のこと好きじゃないですよね」

(ヤーレフ様と離れたくない)

だけど、好かれてもいないのに、子供を盾に傍に置いてもらっていいのかと思う。

しかもこれからも発情期は定期的に訪れる。そのたびにヤーレフに頼ることになる。

（一緒にいて、ずっと迷惑をかけ続けても……？）

「おまえなあ、好きじゃなくて抱くと思うか？」

「思う」

即答すると、ヤーレフは頭を抱え、身を起こした。マシュアルもつられて起き上がる。

「しないって！　可愛いと思ったから抱いたんだよ！」

「でもそれ、弟とか、仔犬みたいにってことでしょう？　俺なんか恋愛の相手としては対象外だと思ってましたよね？」

「最初は子供だったからな！　でも弟とは犯《や》れねーよ。ユーディウやらニザールやらを抱けるかって、絶対無理だから！　仔犬や仔猫ともな」

「じゃあオメガのフェロモンにやられたとか。オメガのフェロモンって凄いんですってね。好みとか好みじゃないとか、そういう感覚を凌駕するってオマー様が」

「あいつまた余計なことを」

ヤーレフは吐き捨てる。

「フェロモンを感じてなかったって言ったらさすがに嘘になるけどな、発情が終わってからも何度もやっただろうが」

「俺の前の世話係ともやってましたよね」

蒸し返すと、ぐっと詰まる。

「いや、あれは……」

「彼女、美人でしたよね。ファラーシャほどじゃないかもしれないけど、ああいう人が好きなんでしょう？」

「あれは、だから好きとかじゃなくて」

「色っぽかったからとか？」

「違う。……利用しようとしてたんだよ」

思いも寄らない言葉だった。

ひどいだろ、とヤーレフは自嘲する。

「外部との連絡が完全に断たれてたからな。脱獄の段取りをつけるために、協力してくれる誰かが必要だった。……おまえのことも、本当はそういうふうに使うつもりだったんだ。あの頃は、手を出せる歳じゃなかったけど何とか懐柔して……字が読めなかったおかげで凄い時間かかったけどな」

「……それで本を読んでくれたりしたんですか？　俺が字を読めるようになって、設計図を探せるように」

「最初はそうだった。……悪かったな」

ヤーレフはマシュアルの頭を撫でた。

あれが優しさや親切心だけでなされたわけではなかったことに、何も感じなかったと言えば嘘になる。けれども長くともに過ごすうちには、たしかにマシュアルのためを思う気持ちがあったことも、伝わってはいたのだ。

マシュアルは首を振った。

「でも、だんだんおまえのことが可愛くなって、そんなふうに暮らすのが楽しくなって……脱獄に迷いも出てきた頃、おまえが二翼へ連れていかれた。どうしても取り戻さなきゃと思ったんだ。二翼がひどいところだっていう噂も、ニザールが当てにならないことも、ハリーファが何をするかわからないことも全部気が気じゃなかった」

「……ヤーレフ様……」

「けど、何よりおまえを奪い返して、誰にもふれさせたくなかった。……いつのまにか、好きになってたんだと思う」

自分の耳で聞いたことが信じられなくて、マシュアルは呆然と目を見開く。

「そんな……俺なんか、……無理しなくていいんですよ。ヤーレフ様の好みじゃないでしょう。妖艶な美人が好きだって言ってましたよね？」

「そんなこと言ったか？」

「言いました」

「本当にそうだったら、どんな美人よりもおまえが可愛いとか思うわけないだろ？」

覗き込んで囁《ささや》かれ、息が止まりそうになる。

「そ……そんなに可愛くないですよ。責任取ろうなんて思わなくても……」

「思ってない。可愛い」

「身分だって違い過ぎます」

「身分って、ただの元王子じゃねーか。……おまえのことも、本当は妃《きさき》にしてやれたらよかったんだけど」

「冗談……っ、無理、無理です……！」

ヤーレフは失笑した。

「……ヤーレフ様、勘違いしてるんですよ。閉じ込められて狭い世界にいたから……だから気にとめてもらえた。外に出れば、たくさんの綺麗な人との出会いがある。

「そういうんじゃねーよ。投獄される前だって、こんな気持ちになったことはなかった。おまえが初めてなんだ」

「ヤーレフ様……」

昔ヤーレフにはたくさんの美しい相手がいたとオマーは言っていた。そんな人たちよりも、マシュアルが特別だと言うのだろうか。

じわりと涙がこみ上げてきた。揺らぐ気持ちを懸命に立て直そうとする。

「で……でも、これからヤーレフ様は王子様に復位できるんでしょう？　そうしたらお妃様だって娶《めと》るだろうし、後宮だって持って……」

王族は、後宮に多くの女性やオメガを囲うのがふつうだ。マシュアルがその中に混じっても、あまり邪魔ではないのかもしれない。

けれどそうなったときのことを思うと、凄く胸が苦しい。

「……俺、そういうのはいやなんです。……俺のような身分で、何を贅沢《ぜいたく》なって思うと思いますけど……それでも、両親みたいになるのは」

どうしてもいやなのだ。

たくさんの他の妻子たちの中に埋もれて滅多に顧みられることもなく、なのにどんなに惨めでも離れられない。母は父を愛していたし、一人で生きていく力もなかったからだ。

ヤーレフはやさしいし、暮らしに困るほど放置されたり、まったく会いに来てくれないなんてことは、きっとない。

（……お母さんよりましなのに）

「ヤーレフ様は俺がオメガだから……見捨てられたら生活に困ると思って心配してくれてるんでしょう？　……でも、今のまま首領の屋敷に置いてもらえたら、俺も働いて……」

「身を売るつもりか？」

マシュアルは答えられなかった。それしかないのかもしれないのに、どうしても決心はつかなかった。

「許さねーからな」

「そ……そんなこと言う権利、ヤーレフ様にはないでしょう」

「ある」

「子供の父親だからですか？」

「おまえを愛してるからだよ」

その言葉はマシュアルの頑《かたく》なな胸に深く入り込んできた。言葉もなくヤーレフを見つめる。

「もしすべてが上手くいったとしても、俺は復位するつもりはない」

と、ヤーレフは言った。

「え……っ」

「父上に無実は認めて欲しいけどな。もともと王宮の暮らしは性に合ってなかったんだ。畏《かしこ》まった高級料理より、おまえがつくった鍋をみんなで囲むほうがいい。今更戻りたくねーよ」

見ててわからねえ？　と、ヤーレフは言う。たしかに破落戸の皆に混じって飲んだり食べたりしている彼は、いつもとても楽しそうだけれど。

「全部片付いたら、俺は国を出るつもりだ」

「国を出るって、外国へ行くんですか!?」

「ああ。売られたオメガを調査して、場合によっては保護する役をやろうと思ってる。国が交渉に動くと却《かえ》って面倒になる事案は多いからな。オメガの件もそうだ。それを俺が裏で引き受ける。復位したらできないだろ」

「オメガのために、そこまで……」

マシュアルは驚かずにはいられなかった。

「昔の俺がもっと上手くやれてたら、出さずに済んだかもしれない被害も多い……見捨てておけないだろ。……それに、オメガの境遇をなんとかしたいっていうのは、母の悲願でもあったんだ」

「お母さんの……」

獄中に囚われ、葬儀にさえ出られなかったときの彼の深い嘆きを思い出す。

「この先……本当は俺と一緒になったほうが大変になるかもしれないんだ。だけど、俺が絶対守るから。つがいになってくれないか？」

（……つがい）

再び問われ、マシュアルはその重い言葉を噛み締める。

「……本当に俺でいいんですか？」

「こっちが頼んでるんだよ」

ヤーレフは微笑う。

「外国へ行くのは俺も初めてなんだ。言葉も生活習慣も違うし、いろいろ苦労するだろうな。――そんなところへ、俺を一人で行かせるつもり？」

「……っ……」

ヤーレフがわざとそういう言いかたをしてくれているのがわかる。

でも、自分でも少しくらいの慰めにはなれるのかもしれない、とマシュアルは思った。

ぼろぼろと涙が溢《あふ》れて答えを口にできない。マシュアルは何度も頷いた。

「……つがいにしてください」

やっと声が出た。

「うん」

ヤーレフの唇が降りてきて、そっとマシュアルの唇を捉えた。

エピローグ

「……ジブリール様。お元気ですか。俺もヤーレフ様も元気です。昨日の夜、新しいお城に着きました、と」

ヤーレフとマシュアルたち一行がオルタナビアを発って、数ヶ月が過ぎていた。

ヤーレフは国王に無実を認められ、アルファの王子としての称号を再度授与された。そして同時に、都にとどまらず、自由に国内外を移動する許可も得ることができた。

――まあ俺が都にいないほうが、父上も心安らかなんじゃね？

と、ヤーレフは言うが、おそらくは兄弟たちの取りなしや、亡き母親に遺る寵愛がものを言ったのかもしれない。

ユーディウとの話し合いの結果、ヤーレフが考えていたとおり、彼は遊軍のようなかたちで仲間とともに近隣諸国をまわり、売られたオメガの調査や保護を請け負うことになった。

その報酬の一環としてユーディウが――というより実務を行っているのはジブリールかもしれないが、任務に都合のいい宿を紹介してくれたり、空き城を使えるように手配してくれたりする。大抵どこも申し分のない豪奢な場所だった。

お礼を兼ねて、マシュアルは折にふれ、ジブリールと手紙のやりとりをしている。

任務についての報告は、ヤーレフとユーディウのあいだで交わされているので、マシュアルが書き送るのはもっと私的な近況だった。

外国の風物や、ヤーレフや自分の体調、子供の成長などだ。

「フリヤもとても元気で、よく笑うようになりました」

そう――二人のあいだには、無事に男の子が生まれていた。

マシュアルはちら、と赤子の眠る小さなベッドを見る。

金髪に碧眼《へきがん》――顔立ちもヤーレフにそっくりだが、幼いだけあって邪気もなくふわふわと可愛らしい。見ているだけで、自然と笑みが漏れてしまうほどだった。

「……わっ」

ふいに後ろから抱き竦められ、マシュアルは声をあげた。

「いつまで書いてんだよ？」

ヤーレフが耳許で囁いてきた。

「ちょっと待ってくださいよ。もうちょっとで……」

と言いかけるマシュアルから、ヤーレフはぴら、と便箋を取り上げる。

「ふーん」

「人の手紙、勝手に読まないでください」

「どうせあとで綴りのチェックしろって持ってくるくせに」

「だって……間違ってたら恥ずかしいじゃないですか」

というあいだにも、ヤーレフは文面に目を通している。

「合ってます？」

「うん」

ヤーレフは手紙を机に戻すと、マシュアルのうなじに口づけてきた。

その感触に、マシュアルはどきりとときめく。

「そろそろいいんじゃね？」

「う……」

「……しかけてるだろ？　発情」

　子供ができたとわかってから今まで、ヤーレフは夜の営みを待ってくれていたのだ。以前の彼からしたら、信じられないような話だけれども。

　そして産後、最初の発情期がきたら、つがいになる約束だった。

「これも、……これも」

　マシュアルの膝掛けや、肩に羽織っているシャツなどを軽くつまむ。それらはどれもヤーレフのものだ。

　マシュアルは、半ば無意識に巣作りをしていたようだった。

「……だから、その前に手紙書いちゃおうと思ってたのに……」

「もう待てない」

　囁きが熱を帯びてきた気がして、マシュアルの鼓動はますます速くなる。

「い……今まで待ってたんだから、もうちょっとぐらいいいじゃないですか……。だいたいそのあいだだって、いろいろ……してたんだし」

　挿入以外にも、あんなにもいろいろな淫らな行為があるなんて、ヤーレフに教え込まれるまで全然知らなかったのに。

「でも、もう繋がりたい。いや？」

　少し甘えたように問いかけてくる。自分のそういう声の威力を、ヤーレフはよく知っているのだ。

　ちゅ、ちゅとうなじから喉のほうへキスで迫りながら、服の上からまさぐってくる。

「ちょ、ここじゃ……」

　マシュアルはすやすやと眠るフリヤへ視線を落とす。まだ何もわからないとはいえ、子供のいるところでするのは抵抗があった。

　それを了解ととってヤーレフは、

「じゃあ、この城でいちばんいいところへ連れてってやるよ」

そう言うと、マシュアルを抱き上げた。

「え、ちょっ……」

マシュアルは抗議の声をあげたが、そのまま部屋を連れ出されてしまう。ちょうどそこにラムジがいた。

オメガの売買から救出されたラムジは、四翼で量産に成功しつつある発情抑制剤のおかげで安定した暮らしを送れるようになり、ムラトともにヤーレフに同行していた。

「しばらくフリヤを頼める?」

「はい」

ラムジはときどきフリヤの面倒をみてくれていた。

「は……恥ずかしいじゃないですか。あれじゃ今から……するからお守りを頼んだみたいで……」

みたいじゃなくて、その通りなのだが。

「今更隠すような仲じゃないだろ」

「そりゃそうですけど……」

「文句言ってねーで、ほら」

ヤーレフは軽々とマシュアルを抱えて階段を上り詰め、突き当たりにあった扉を開けた。

「うわあ……っ」

目に飛び込んできた景色を見た瞬間、マシュアルは声をあげていた。

窓の向こうに、碧い海が広がっていた。

近づけば、海岸に打ち寄せる白い波、港と港町まで一望できる。

崖に聳《そび》える城ならではの、砂漠に育ったマシュアルには想像したこともなかったような絶景だった。

言葉を失い、呆然と見惚《みと》れた。

二翼の昔のヤーレフの部屋にも巨大な窓があったが、あそこから見る景色も、この眺望には及ばないのではないだろうか。

「……こんな凄い海を見られるなんて……」

「俺についてきてよかった？」

「はい」

マシュアルは素直に答えた。

「ヤーレフ様のおかげです」

彼に出会わなかったら、こうして広い外の世界を目にすることもなかったし、勿論ヤーレフやフリヤという家族や仲間たちを得ることもなかった。

「俺が今、凄くしあわせなのは、みんなヤーレフ様のおかげ」

「いきなり何を言うんだか」

ヤーレフがちょっと照れたように目を逸らす。そんな彼の表情は、マシュアルにはとても可愛く思える。

「……でも、俺も……おまえのいない人生なんて、もう考えられねーな」

「ヤーレフ様……」

唇が重なってくる。


そのまま運ばれたのは、傍のベッドの上だった。

キスをしながら、ヤーレフはマシュアルの肌を撫でる。

「ん、ぅ……ん、っ」

やはり発情がはじまっているのだろう。どこをさわられてもひどく感じて、マシュアルはびくびくと跳ねた。

「……っ……ふぅ……っや……」

無意識に膝が立ち、脚が敷布を蹴る。乳首を摘まれ、高く声が漏れた。

「ああっ……」

唇が離れて、ヤーレフが見下ろしてくる。指はずっと乳首をやわやわと擦《こす》っている。

「自分で捲《まく》ってみな？」

「や、やだ……っ」

トーブの下がどうなっているか、自分でもわかっていたからだ。

「いや？　なんで？」

「……恥ずかしいです、……ヤーレフ様、すけべ」

「ふーん？　そういうこと言うんだ？」

「あう……っ」

乳首を強く抓《つね》られ、マシュアルは鳴き声をあげる。痛いのに、じわっと先端が濡れたのがわかった。

「できるよな？」

「うぅ……」

涙が薄く乗った瞳に、ヤーレフの笑みが揺れる。意地悪な顔をしているのに、ひどく艶《なま》めかしい。

マシュアルはトーブの裾を摑み、そろそろと上げていった。

「……太腿まで濡れてるな」

「い……言わないで……」

ますます恥ずかしくなる。なのに、更に身体の中心はずくずくと疼《うず》きを増すのだ。

少しずつ捲られていった裾が、ついに腹のところまできた。

ヤーレフの視線が刺さる。意識すると恥茎が震え、また蜜を零す。

「……凄い、やらしいことになってんな」

「も……もういいでしょ……っ」

マシュアルは羞恥のあまり、今捲った裾を引き下ろし、隠そうとした。

「せっかく捲ったのに、また下ろしてどうすんだよ」

ヤーレフは喉で笑った。力の入らない手を摑まれ、剝がされる。今度こそ、彼の下ですべてがあらわになった。

「やだ、見ないでくださ……」

「なんでだよ？　ご褒美をやろうってのに」

「あァっ……！」

ぱくりと咥《くわ》えられ、マシュアルは声を放った。あたたかい口の中で軽く転がされただけで、怖いくらいの快感が突き上げてくる。

「それ、ああっ……だめぇ……っ」

これまで何度もされたけれども、どうしても慣れることができなかった。あまりにも気持ちがよくて、すぐに我慢できなくなってしまう。

「あっ、あっ」

「我慢しろって」

ヤーレフは咥えたまま、くぐもった声で囁く。それでまたマシュアルは感じてしまう。

ヤーレフは、我慢したほうがもっと気持ちよくなれるという。けれどマシュアルは信じられなかった。

これ以上なんて、怖い。死んでしまうんじゃないかとさえ思う。

「あっ、だめ、吸わないで……っ、ああぁっ……!!」

吸われると、目の前が真っ白に弾《はじ》けてしまう。マシュアルはあっけなく吐精していた。

薄く瞼を開ければ、唇を舐《な》めるヤーレフが見えて、そのあまりの淫らな表情に思わず目を逸らす。

「あの……」

少しだけ落ち着くと、マシュアルは言った。

「俺もします……?」

ヤーレフほど上手くはないが、だいぶ上達してきたと思うのだ。

ちなみにヤーレフは、

——いや……俺もそれほど上手くはないと思うけどな。おまえにしかしたことないし
と、言っていて、彼の「初めて」が、マシュアルは凄く嬉しかった。

——おまえがやらしいだけじゃね?

というのは心外だけれども。

「それよか、早く入りたい」

と、ヤーレフは言った。指先で後孔にふれる。

マシュアルはそろそろと、けれど大きく脚を開いた。

そのあいだに入って、ヤーレフは覆い被さってく

る。先端があてがわれた。

「あああぁっ――」

発情した身体は抵抗もなくそれを受け入れる。ヤーレフのものはひどく熱かった。

「……あ……」

ひさしぶりにヤーレフと繋がっている。それが嬉しくて、マシュアルは無意識に腹に触れた。

「はいってる……凄い……」

以前より大きくて、長い気がする。その上から、ヤーレフが手を重ねてきた。

「……ここまで届いてんの?」

「……っ」

軽く押さえられると、それだけで中のもののかたちをはっきりと意識してしまう。それが気持ちよくてたまらなかった。

「……っん、ああっ――」

マシュアルはぎゅっとヤーレフを締めつけ、またすぐに達してしまう。

「あ、馬鹿……っ」

身体の奥で、ヤーレフも吐精したのを感じた。

「ん、……っ」

どくどくと注ぎ込まれる。一滴でも多く搾り取りたくて、マシュアルは断続的にそれを食い締めた。

乱れた息が少し落ち着いてくると、ヤーレフを見上げて少し笑う。

「ヤーレフ様も早い」

そう言うと、指先で額を弾かれた。

「ひさしぶりだからな、おまえの中」

深く嵌めたまま、脚を掴まれ、俯《うつぶ》せに返される。

「わ、あぁぁ……っ!」

うなじを噛むための姿勢だ。

無茶なことをされ、苦しいはずなのに、マシュアルはまた中心を反応させていた。強く穿《うが》たれて、気持ちいいと感じてしまう。自分でもよくわからない

ほど身体がすべてを快感にしてしまう。

「あ……」

ヤーレフが後ろからゆっくりと動きはじめる。

「あっ、だめ……っ、待って」

「待てない」

突き上げるヤーレフのものが、さっきとは違うところに当たる。戸惑いながらも、マシュアルはヤーレフに合わせて腰を揺らしていた。

「あ……あぁ……っ」

少し動いただけでも、ぐちゅぐちゅといやらしい音がする。濡れそぼったマシュアルの中に、ヤーレフの放ったものが混ざり込んでいるのだ。

「はあ……ああっ……！」

気持ちいい？　と聞かれて、マシュアルは頷く。

性器の裏側を擦られると、それだけでまた達してしまいそうになる。マシュアルは必死に堪えて喘ぎ続けた。

「あ……ヤーレフ様、凄い、深い……っ」

抵抗もなく最奥まで穿たれて、このまま一つに溶けあってしまいそうな気がした。

ヤーレフは再びうなじを啄《ついば》んできた。

ああ、つがいになるんだ、とマシュアルは思った。

伸びてきた髪を掻き上げる。ヤーレフの前にうなじがさらされる。

そこへヤーレフの歯がふれた。

「——っ……」

強く噛まれ、鋭い痛みが走る。身体が作り替えられていくのがわかる気がする。

マシュアルは自分の全身が、大好きな人と結ばれる幸福感に包まれていくのを感じていた。

アルファ王子たちの幸福

夕刻にはまだ少し早い午後。

マシュアルは根城《ねじろ》にしている古城で、仲間たちとともに晩餐《ばんさん》の準備をしていた。

今夜は——というか今夜も、裏庭で鍋を囲む予定だ。仲間のほとんどが元破落戸《ごろつき》であるせいか、宴会好きが多い。ヤーレフも賑《にぎ》やかに皆で騒ぐのが好きなので、毎日小宴会を開いているようなものだった。

台所で下拵《したごしら》えした食材などを運び込む。

何往復かして、ふと顔を上げ、マシュアルは目を見開いた。

「に……ニザール様……!?」

そして思わず声を上げてしまう。視線の先に、思いもよらない男がいたからだ。

ニザールは供《とも》も連れず、一人で庭の入り口に立っていた。

マシュアルは彼に駆け寄った。

「ニザール様、どうしてここに……!?」

彼に会うのは都を出て以来だ。一年近くは経《た》っているだろうか。

「ああ、ちょっとな」

「本当におひさしぶりです。お元気でしたか？　ちょっと痩せてません？」

「別に痩せてない。……おまえこそ、元気にしていたみたいだな。このへんに……ちょっと肉がついたんじゃないか」

「おかげさまで」

ひやりとした指先で頬にふれられ、マシュアルは微笑《わら》った。懐かしい人との再会が嬉しくて、つい矢継ぎ早に質問してしまう。

「お一人ですか？　お供のかたは？」

「街の宿に置いてきた。……ヤーレフは？」

「仕事に行ってます。もうすぐ帰ってくると思うんですけど」

ニザールはヤーレフがどういう仕事をしているか、知っているのだろうか。というか、そもそもどうしてここがわかったのだろう？

「そうか。では、それまで待たせてもらおう」

「あ、じゃあ中に……」

王子を外に立たせておくのも気が引ける。城内へ案内しようとしたマシュアルに、ニザールは言った。

「別にここでいい。すぐ帰ってくるんだろう？」

「たぶん」

「それに、ヤーレフ兄上がどんな生活をしているのか見てくるっていうのが、おまえたちの居場所を聞かせてもらう条件だったからな」

やはりジブリール……いやユーディウから、ここにいることを教えられてきたらしい。知っている者は極少数なのだから、当然ではあった。

マシュアルはとりあえず、座れるところまでニザールを誘導した。

(でも、わざわざ居場所を聞き出してまで来るなんて)

何か理由があるに違いなかった。

(やっぱ、あれかな?)

思い当たることは一つしかない。

マシュアルが問うより先に、ニザールが言った。

「これは……料理をしていたのか」

「ええ。夕食の鍋の準備をしていたんです」

ニザールの物珍しそうな瞳に、つい付け加える。

「高貴な人には、料理に見えないかもしれないですけど」

「いや……料理をするところを初めて見たから」

「え……」

マシュアルは目を瞬かせる。

「見たことないんですか?」

「ない」

言われてみれば、機会はなさそうだった。ヤーレフが庶民に溶け込みすぎているだけで、高貴な人というのはそういうものなのかも。

「それは？」

「摺り下ろした林檎《りんご》ですよ。これを入れたラム肉の鍋が、ヤーレフ様の好物なんです」

「へえ……」

「……そういえば」

マシュアルは以前から気になっていたことを聞いてみる。

「あれから、二翼《によく》は大丈夫だったんですか？」

オマーが投獄されて以降、ニザールや彼の母親はどう過ごしてきたのだろう。

だいたいのことはヤーレフを通して聞いているけれども、ずっと心配だったから、本人の口から聞きたかった。

「……まあな。一応、ぼくと母上は無関係だと認められた。それでも薄々察していながら見て見ぬ振りをしていた部分はあったからな。領地はずいぶん削られたし、俸禄《ほうろく》も返上することになった。それに、つい最近まで謹慎させられてた」

「よかった」

本人にとっては「よかった」では済まないだろうが、場合によっては称号剝奪《はくだつ》や追放もありえたのだ。厳罰に処されずに済んだのは幸いだったと思う。

「母上の実家のオマー本家は、取り潰しになった」

「え……」

「ハリーファが当主だったんだからな。当然だろう。跡継ぎもいなかったしな。分家はいくつかあるけど、領地のほとんどを没収されて、残った辺境の地に蟄居《ちっきょ》させられた。ハリーファ単独犯を主張してたけど、通るわけないよな。……父上はむしろ、勢力拡大しすぎたオマー家を一掃するのにいい機会だと思ったのかもしれないが」

「……オマー様は、処刑は免《まぬか》れたんですよね？」

「ああ」

そのこともヤーレフから聞いてはいたけれども、マシュアルは複雑だった。

知っている人が――しかも何があったにせよヤーレフの元親友だったらしい人が命を助けられたことに、ほっとする部分もある。

けれども、自分がひどい目に遭わされたことはともかくとしても、彼によって運命を狂わされ、不幸になったオメガは大勢いるのだ。重罪のはずなのに、やはりオメガの命はそれだけ軽いのかと思わずにはいられなかった。

「嘆願があったからな。多くの貴族たちから」

「へえ……」

意外だった。

「人望があったんですね」

マシュアルがそう言うと、ニザールは鼻で笑った。

「人望じゃないだろ」

「じゃあどうして」

「弱味を握ってんだよ、そいつらの」

ふいに後ろから抱きつかれたかと思うと、ヤーレフの声が降ってきた。

「牢の中からどうやって渡りをつけたのかは知らねえが」

「ヤーレフ様……っ、お帰りなさい」

「ただいま」

応えながら、口づけてくる。帰ってきたらキスをする、のは半ば習慣となっているが、ニザール様の前で——と、マシュアルは焦《あせ》った。

「ちょ、ヤーレフ様、こんなところで……！　ニザール様が」

「ひさしぶりだな。ニザール」

「ああ。ヤーレフ兄上」

「で？　何しに来た」

ヤーレフはやや喧嘩腰にさえ感じる声で問いかけた。仲のいい兄弟ではなかったとはいえ、せっかく遠路はるばる来てくれた人に、そんな言いかたをしなくても……と、マシュアルは思う。

ヤーレフには意外と子供っぽいところがある。

「ま、まあまあ。ちょうど鍋もいい感じになってきたし、とりあえず食べましょ」

マシュアルは取りなし、腕を掴んでヤーレフも座らせた。

二人に挟まれて座ることになんとなく居心地の悪さを感じながら、椀《わん》に肉や野菜をほどよく盛り付け、ニザールに渡す。

「お口に合わないかもしれませんけど」

というか、たぶん合わないのではないだろうか。ヤーレフはこういう雑な料理を好むが、そんな王族はさすがに稀《まれ》だろう。

「おまえの手料理は初めてだな」

「手料理ってほどではないですけど」

第一、下拵えも味付けも、仲間たちと一緒にしたものだ。「マシュアルの手料理」と言えるかどうか。

ヤーレフも同じことを思っていたらしい。

「下拵えも味付けも、ここにいる仲間たちが一緒にしたものだからな。こいつの手料理ってわけじゃねーから」

などと突っ込みを入れてくる。

「でもマシュアルの手も入ってるんだろう」

「それはまあ」

ニザールは匙《さじ》で掬って口に入れた。

「……こんな味がするんだな。意外と食える」

「そ……そうですか？」

食える……というのは、美味《おい》しいわけではないのだろうが、食べられないわけではないようで、よかった。

「俺の好みに合わせてあるからな。おまえの口には合わなくて当然だろ」

「なるほどな。合わないってわけじゃないが、じゃあ今度、ぼくの好みの鍋もつくってみてくれないか？」

「はあ!?」

ヤーレフが声を上げた。

「おまえ、何を図々しいこと……」

「まあまあ、ヤーレフ様。ニザール様はお客様なんですから」

やはりどうもヤーレフはニザールに対して当たりが強いようだ。歳の近い兄弟ではあるし、反発でもあるのだろうか？

何故だかニザールは喉で笑っている。こういうニザールもめずらしかった。

「ニザール様、しばらく滞在できるんですか？　だったらやってみますね」

「楽しみだな」

ややふて腐れたヤーレフに対して、ニザールは機嫌がよさそうだ。食べながら、周囲で繰り広げられるどんちゃん騒ぎを眺めたりしている。皆、酒を飲んで歌ったり笑ったり、踊り出す者までいる賑やかさだった。

「……本当に庶民みたいな暮らしをしているんだな」

と、ニザールは言った。

「かつてはアルファの王子の中でも筆頭だったのに」

「ま、たしかに他の兄弟たちより並外れて優秀だったけどな」

本気かどうか、ヤーレフはさらりと自賛する。

「並外れてるってほどじゃなかった。マシュアル、真に受けるなよ」

「真に受けていいぜ、マシュアル」

口々に言われ、マシュアルは苦笑した。

けれども本当に、何を好き好《この》んでヤーレフは……とは、マシュアルも思っていた。無実も認められたし、政敵も倒した。能力的にも、宮廷に戻っていくらでも出世できるのに。

（こういう暮らしのほうが好きだって、ヤーレフ様は言ってくれるけど）

その気持ちを疑ってはいないけど。

「……もし追放されていたら」

ぼそりと、ニザールが呟《つぶや》いた。

「ぼくにもこんな暮らしができたのかな」

「ニザール様……？」

ニザールの視線は、鍋の火を見ているようで、ずっと遠くを見ているようにも見えた。

「孔雀宮《カスル・ターウース》にいても、何もいいことなかったしな。王都を出てからここまで、珍しい景色もたくさん見たし、他にもいろいろ……物語に出てくるような、綺麗《きれい》な場所があるんだろう？　食事も……まあ美味かったし」

ニザールにとって、王都はそんなに居心地の悪い場所だったのだろうか。ニザールがそんなことを言うとは思わず、マシュアルは困惑した。

（でも……もしそうなら）

「ニザール様、」

ずっと――少なくとも気が済むまでここにいたらどうですか、とマシュアルは言おうとした。

けれども遮るようにヤーレフが口を挟んでくる。

「おまえみたいなのが野に放たれて、生きていけるわけねえだろ。野垂《のた》れ死ぬのがオチだって」

「や、ヤーレフ様……」

正直なところ、マシュアルも若干共感しないでもないのだが、ちょっと言い過ぎだ。マシュアルは止めようとしたが、ヤーレフは続けた。

「どこにいるかより、誰といて、何をするかじゃねえの」

マシュアルは、ニザールが癇癪《かんしゃく》を起こすのではないかと思ったけれども。

「誰といて、何をするか……か」

呟いたニザールの横顔を、焚き火が橙色《だいだいいろ》に照らし出す。

「一緒にいたい人や、したいことを見つけろよ」

ヤーレフはいきなりマシュアルの肩に腕を回し、ぎゅっと抱き寄せた。

「ヤーレフ様……っ？」

そして戸惑うマシュアルを尻目に、ヤーレフは言った。

「ま、俺のはやらねーけどな」

＊

（まったく……）

ふざけた振りで口を開けるヤーレフに、しょうがないですね、などと言いながら、マシュアル

はラム肉を食べさせてやる。

そんな二人を横目で眺めながら、ニザールは密かにため息をついた。

こんなに見せつけられることになろうとは、思っていなかった。

（しかもわざとやっているだろう、ヤーレフは）

ニザールのマシュアルへ向けた想いを察しているからなのだろう。ニザールは、ここに来たことをちょっと後悔してしまいそうだった。

正直なところ、残念ながらマシュアルの目にはヤーレフしか映っていないし、ニザールの気持ちに気づいてさえいないだろう。ニザール自身、ヤーレフから奪えるなどとは思っていなかった。ヤーレフにもわかっているだろうに、それでも見せつけずにいられないのは、何という性格の悪さだろう。

（いや、嫉妬か……？）

あのヤーレフが。

それとも、単純に嫌なのかもしれなかった。マシュアルが他の誰かと仲良くするのが。

ひさしぶりに会ったのだから、少しくらい譲《ゆず》ってくれればいいものを。

（独占欲……か）

ニザールの知っているヤーレフは、気軽に遊びはしても、誰か一人にこだわるような男ではなかった。わざとそうしているわけではなく、性分《しょうぶん》なのだろうと思っていた。

（恋は人を変える）

指一本、他人につがいをふれられたくないのだ。

（お生憎《あいにく》様、さっきちょっとさわったからな）

先刻、マシュアルの頬にふれた指を見つめる。やわらかくてあたたかい感触だった。唇だったらどうだっただろう？

（本当なら、いつだって抱けたのにな）

二翼に囲っていたあいだ、マシュアルは毎晩、ニザールの伽《とぎ》を務めていたのだ。だからこそ、ヤーレフはより嫌なのだろうけれど。

あの頃、手をつけておかなかった自分は、本当に馬鹿だったと思う。だがその反面、マシュアルのしあわせのためには、これでよかったのかもしれないとも思うのだ。

ニザールは再びため息を吐いた。

「それで？」

吐息を聞き咎めたように、ヤーレフは問いかけてきた。

「おまえ結局、何しに来たんだよ？」

まさか本当にマシュアルに会いに来たんじゃないだろうな、と目が言っている。

（さすがにそういうわけじゃないけど）

どうしても頼みたい要件があったから、ここまでやってきたのだ。

けれども……決して簡単に王都を離れられる状態ではなかったのに、手紙ではなく自身で来てしまったのには、マシュアルの顔を見たいという気持ちがなかったとは言えなかった。

「実は」

　ニザールは切り出した。

「あれからずっと台帳を調べていて、ぼくの娘かもしれない女の子の記述に行き当たったんだ」

　マシュアルが顔を上げた。娘を探してこんなところまで来たのが意外なのだろう。自分でも、どうしても娘のことが気になる自分が意外だった。おそらく誰にも顧《かえり》みられない娘に、どこかで自分を重ねているのだろうか。

「これがその写しだ」

　懐《ふところ》から紙を取り出し、ヤーレフに渡す。

「時期も合ってるし、女の子で」

　オマーが手がけていたのは主にオメガの売買だ。台帳に、第二性別判明前の幼い子供を売った記載は少ない。

「……この近くの商人に売ったことになってるな」

「ああ。ユーディウが、今このあたりにヤーレフ兄上たちがいるから、協力を頼んだらどうかと」

「なるほど。他に、娘かどうかを確認できる手がかりは？」

「……一度だけ、娘を見たことがあるんだ」

ニザールは言った。やっと首が据わったか据わらないかだった、やわらかそうな白桃色の小さな生き物の姿が瞼に蘇《よみがえ》った。

「髪はぼくと同じくすんだ金髪で、瞳は灰色がかった青だった」

ヤーレフは書類に落としていた視線を上げる。

「……とりあえず、調べてみるか」

「すまない」

ニザールは頭を下げた。

「すまないじゃなくて、なんて言うんだっけな？」

「な……」

もともと仲がいいわけでもない兄にものを頼むだけでも抵抗があるのに、礼を述べるのは更に受け入れがたいものがある。

あるが、この場合、言わないわけにはいかないだろう。ニザールはぎゅっと手を握り締め、絞り出した。

「あ……ありがとう」

「もう、ヤーレフ様ってばニザール様のこと苛《いじ》めちゃって……！」

マシュアルがそこへ割って入ってきた。

「頼られて嬉しいからって、そういうとこほんと子供ですよね！」

「はあ？　誰が嬉しいって!?」

「ヤーレフ様が」

「嬉しくねーよ。おまえのほうが喜んでんじゃねーか？」

「え、そりゃ嬉しいですけど。ひさしぶりに会えたんだし」

何の衒《てら》いもない言葉に、ヤーレフが頭を抱える。ニザールは思わず吹き出した。

（いいものが見れたのかもな）

あのヤーレフが、マシュアルに振り回されているかのように見える。ずっと観察していると、ヤーレフは仲間の男たちからさえも、さりげなくマシュアルを遠ざけようとしている感じがするのだ。

（本当に、よっぽど好きなんだろうな）

他愛もない言葉を交わす二人は、なんだかとてもしあわせそうだった。

追放されたかったと言ったのは、満更冗談でもなかった。けれども自分にとってのマシュアルを見つけなければ、ヤーレフの言うとおり、生きる場所だけ変えても同じことなのだろう。

複雑な笑みを浮かべてしまうニザールに、マシュアルはきょとんとした顔で首を傾げた。

＊

「なんか変わりましたよね、ニザール様」

子供を寝かしつけて戻ってきたマシュアルは、寝床にぽんと飛び乗りながら言った。

以前のニザールだったら、絶対どこかで癇癪を起こしていたのではないかと思うのだ。けれどもそんなことはなく、むしろヤーレフのほうがどこか喧嘩腰だったようにさえ思えた。

「……かもな」

先に横になっていたヤーレフが手を伸ばしてくる。

「って言っても、十何年会ってなかったし、変わって当然だろうけどな」

「俺が二翼にいた頃からくらべても変わりましたよ」

「へーえ。よく見てるじゃないか」

「あ、妬《や》いてるんですか？」

「……」

ヤーレフは憮然《ぶぜん》として黙り込む。

「え、嘘、ほんとに？」

マシュアルはヤーレフの上に乗り上げて、覗《のぞ》き込む。

「馬鹿」

額をぴんと弾《はじ》かれた。

「そりゃ妬くぐらいするって」

「へえ。へええ……！」

滅多《めった》に甘い言葉を口にしないヤーレフのめずらしい科白《せりふ》に、マシュアルはつい満面の笑みを浮かべてしまう。

「何だよ」

「別に何でも？」

「この……っ」

笑いを噛み殺せずにいると、ふいにヤーレフが起き上がり、マシュアルを押し倒してきた。マシュアルは更に笑い転げる。

「おまえ、危機感ねーなぁ」

「だって、俺はヤーレフ様のつがいですから」

マシュアルはゆっくりと腕を上げ、ヤーレフの首に回した。抱き寄せて、耳許で囁く。

「好きなようにしてください」

その途端《とたん》、ヤーレフはマシュアルの上に突っ伏した。

「……ったく、いつのまにそんなの覚えたんだか……。ついこのあいだまで子供《ガキ》だったくせに」

「ヤーレフ様の教育がいいんでしょ？」

ヤーレフは小さく舌打ちした。

「今の科白、後悔するくらい可愛がってやるからな？」

そして濃厚な口づけを落としてきた。

何度も深く舌を絡めながら、マシュアルのトーブを捲り、頭から引き抜いて脱がせる。マシュアルは両手を上げて手伝った。

「んっ……」

無防備になった乳首に、ヤーレフは吸いついてくる。啄《ついば》み、ねっとりと舐め上げる。もう片方は指先で転がし、押し潰し、摘《つま》んだりを繰り返す。

「あ、あっ、あぁっ……っ」

いつも執拗に嬲《なぶ》られるところだけに、マシュアルのそこはひどく敏感になっている。迸《ほとばし》るように声が漏れた。

中心を爪で掻かれたり、歯を立てられたりするたびに、腰が浮き上がる。

「ヤーレフ様、それ、もう……っ」

そんなことを訴えても、聞いてくれた試しなどないのだけれど。

「好きなようにしていいんだろ？」

「意地悪……っああっ」

ヤーレフは雫《しずく》を零《こぼ》しはじめたマシュアルのものにふれようともしない。焦《じ》らすのを楽しんでいるのだ。いや、それとも。

「ああ……っ！」

マシュアルは大きく背を撓《しな》らせた。半ば無意識に腰を迫り上げ、ヤーレフの腰に押しつけてしまう。

(気持ちいい……っ)

乳首を弄《いじ》られながら、自身の屹立をヤーレフの太腿に擦るのが。

「やらしいな」

と、ヤーレフが揶揄《からか》ってくる。自分でもはしたないのはわかっていた。でも、それは全部ヤーレフのせいなのだ。

「ヤーレフ様が、焦らすから……っ」

「好きなようにしてるだけだぜ？」

「膨らんでもいないのに……っ、そんなの」

何が楽しいのか、未だによくわからないのに。

「俺、お仕置きされるようなこと、してないですよ……っ」

度を超した焦らしは、お仕置きだと思う。

「まあな」

ヤーレフは喉で笑い、ようやく下へ手を伸ばしてきた。

「どろどろだな」

滴《したた》るほど溢《あふ》れたマシュアルの先走りを掬い、後ろの孔《あな》へ指を挿《さ》し入れてくる。ゆっくりと中を広げていく。

「あっ、あっ、だめ」

「と言いつつ、だんだん脚、開いてるよな」

「うう……」

指摘され、マシュアルは呻《うめ》いた。恨めしくじっとりと睨めば、宥《なだ》めるようにまた口づけて、ヤーレフは自身をあてがってきた。

それが強い角度で中にぐっと突き込まれた。その力強さが、マシュアルを焦らしながらヤーレフもまた興奮していたことを伝えてくる。

マシュアルはぎゅっとヤーレフの背に腕を回し、腰に両脚を巻きつけた。


「ニザール様、お気をつけて」

「ああ。世話になったな。……ヤーレフ兄上にも」

馬車の前で、マシュアルとヤーレフはニザールに別れを告げた。来訪から一月ほど過ぎた頃のことだった。

結局、調査の結果、女の子はニザールの娘ではないことがわかったのだ。瞳の色が違っていた。状況によっては保護することも考えたが、子供のいない商人の養女としてしあわせに暮らしているらしい。オマーが売買した中には、そういう幸運な子も少しはいた。

「台帳には、他に娘の可能性がありそうな子はいなかった。……だけど、もう一度見直して手がかりを探してみようと思ってる」

「ああ。俺たちも気をつけておく。一応、俺の姪でもあるわけだしな」

「ニザール様、これ」

落胆しているニザールを少しでも励まそうと、マシュアルは料理を詰めた籠《かご》を渡した。じゃが芋や玉葱、肉などを包んで焼いたパンや、トマトスープで煮たミートボールなど、ニザールがそれなりに気に入ってくれたものばかりを集めてみた。

「帰り道で食べてください。庶民の味なんで、お口に合わないかもしれないけど」

「いや、……ありがとう」

ニザールが素直に礼を言ってくれたので、マシュアルは驚いた。

「……本当に変わりましたね」

「うるさいな……っ、揶揄うならもう言わない」

「嘘です、もう揶揄いませんから！」

じゃあまた、とニザールは馬車へ乗り込む。また、と言っても、次はいつか、その日が来るのかどうかさえわからないのだけれど。

（その頃までには、王女様が見つかっているといいけど）

馬車が去っていく。

ヤーレフの腕に凭《もた》れ、マシュアルはそれを見えなくなるまで見送った。

＊　＊　＊

監獄長に案内されて、塔の最上階まで昇る。

以前は二翼の管理下にあった「塔」は、今は四翼《よんよく》のもとにある。四翼の主、ユーディウの許可を得ての訪問だった。

解錠する重い音が響く。

扉を開くと、思ったよりは広い――しかし狭い部屋の窓辺に、ハリーファがいた。

ニザールを中に残し、背後で扉が閉まった。

「おまえが私に会いに来るなんてね。ニザール」

ハリーファは薄く笑う。

「掛けないか？　粗末な椅子だけどね。知っているかな、ここは以前、ヤーレフが収監されていた部屋なんだよ。私はどうも、彼のいた部屋を使う運命らしい」

ハリーファは部屋の中央にあるテーブルの前の椅子に腰を下ろしたが、ニザールはそんな気持ちにはなれなかった。

「……ぼくの娘をどうした」

「まだそんなことが気になっているのか」

ハリーファは失笑した。ニザールはその態度にひどく苛立ったが、抑えて続けた。

「帳簿には、娘についての記述はなかった。可能性がありそうなものはすべて追ったが、どれも違っていた。――どこへ売った？　他にも台帳があるのか？」

「ないよ。ヤーレフたちが持っていたぶんで全部だ」

「じゃあ、娘は」

ついにハリーファは笑い出した。

「そんなに必死に探すとはね。アルファの王子にはなり得ない女児を」

「ハリーファ……！」

「失礼」

堪《こら》えかねて遮ると、ようやく彼はニザールに視線を戻した。

「それほどまでに会いたいのなら、取引をしないか」

「取引だって？　何を……」

ニザールは眉を寄せた。娘の居場所を聞き出したいという単純な思いでやってきただけで、その先のことは何も考えてはいなかったのだ。

「——まさか、脱獄するつもりか……!?」

「静かに。監獄長に聞かれてしまう」

「冗談じゃない……！　そんな話に乗れるか!!」

ただでさえ今、二翼は危うい。首の皮一枚で処刑を免れたような男を逃がそうものなら、今度こそこっちの首が飛ぶかもしれないのだ。

「取引に乗るなら、王女の居場所を教えよう」

「……っ」

心が揺さぶられる。一度見ただけの、生まれたばかりの娘の顔が脳裏を過《よぎ》った。

「お……お断りだ。そんな取引に乗れるか。第一、おまえが約束を守るとどうして思える」

人を欺《あざむ》くことが本性のような男なのだ。しかも彼を逃がせば、またどんな悪事を働くか、わからないのに。

「何の交換条件もなく教えてもらえるなどとは思っていないだろう？　私が教えなければ、王女には二度と会えないよ」

「……」

ニザールは視線を合わせないよう、目を逸《そ》らす。ハリーファはかまわずにニザールの瞳を覗き込んでくる。

「では、一つ教えてあげよう。——私は、君の娘を売ったりはしていない」

「は？」

ニザールは思わず視線を戻した。

「仮にも王女だ。そんなに粗略に扱うわけがないだろう。だから、いくら台帳を調べても、王女の居所はわからないよ」

「し……信じられるか!!」

ニザールは思わず声を荒らげた。

「……っ……王女だなんて思ってないだろう。おまえがぼくの娘を尊重するわけが」

「じゃあ、こう言ったら。——王女は君の娘でもあるが、ヤーレフの姪でもある、と。他の有象《うぞう》無象《むぞう》と同じ扱いをすると思うか？」

「——っ……」

その言葉を聞いた瞬間、何故だか納得しそうになった。

従弟であるニザールの娘に関心はなくても、「ヤーレフと血の繋がった娘」になら、この男は特別な関心を持ったかもしれない。手許にとどめようとしたかもしれない。それがどんな目的のためであったとしても。

「……」

ニザールは無意識に両手を握り締める。

「さあ、取引をしよう、ニザール殿下」

ハリーファは手を差し出してくる。思わずその手を取ってしまいそうになる。握り締めていた手をゆっくりと開く。手と手が近づいていく。

ニザールは、けれど寸前でハリーファの手を拒んだ。

「お……お断りだ……!!」

ペテン師の甘言に乗ってはならない。陥穽《かんせい》に嵌《は》まってはならない。それくらいの分別は自分にもある。

独房を飛び出しながら、ニザールは何度も胸の中で繰り返した。

塔を出ると、大きな鎌のような三日月が夜空に浮かんでいた。

あとがき

「アルファ王子の愛玩～オメガバース・ハーレム～」をお手にとっていただき、ありがとうございます。鈴木あみです。シリーズ三冊目ですが、別カップルのお話なので、この本から読みはじめても問題なくお楽しみいただけると思います。よろしくお願いいたします。

今回は、これまでにもちらちらと登場していた、投獄された俺様元王子ヤーレフ（攻）と、その世話係マシュアル（受）のお話です。ヤーレフの弟王子で性格に難ありのニザールや、ヤーレフの元親友？のオマーなども登場します。二翼がこんなにいろいろ背景のある王子宮だったとは（笑）。ヤーレフとマシュアルは勿論、オマーとのやりとりも書いていてとても楽しかったです。

イラストを描いてくださった、みずかねりょう様。前作のときから、みずかね先生のヤーレフをとても見たかったです。凄く格好良く、美しく描いてくださって、本当にありがとうございました！　表紙ラフをいただきましたが、カラーを見るのが楽しみです！

担当のKさんにも、大変お世話になりました。三作目も書かせていただけて嬉しかったです。ありがとうございました。雑誌掲載時に臨時で担当していただいたYさんにも心から感謝を。

そして読んでくださった皆様にも、ありがとうございました。少しでも楽しんでいただけていたら嬉しいです。ご意見ご感想など、よろしければぜひお聞かせください。

鈴木あみ

◆初出一覧◆

アルファ王子の愛玩 ～オメガバース・ハーレム～／小説ビーボーイ(2021年春、秋号)掲載

アルファ王子たちの幸福　／書き下ろし

ビーボーイノベルズをお買い上げ
いただきありがとうございます。
この本を読んでのご意見・ご感想
をお待ちしております。

〒162-0825 東京都新宿区神楽坂6-46
ローベル神楽坂ビル4F
株式会社リブレ内 編集部

アンケート受付中
リブレ公式サイト　https://libre-inc.co.jp
TOPページの「アンケート」からお入りください。

BBN
B●BOY NOVELS

アルファ王子の愛玩 〜オメガバース・ハーレム〜

2022年11月20日　第1刷発行

著　者——鈴木あみ

発行者——太田歳子

発行所——株式会社リブレ

〒162-0825
東京都新宿区神楽坂6-46ローベル神楽坂ビル
営業　電話03(3235)7405　FAX 03(3235)0342
編集　電話03(3235)0317

印刷所——株式会社光邦

定価はカバーに明記してあります。
乱丁・落丁本はおとりかえいたします。

この書籍の用紙は全て日本製紙株式会社の製品を使用しております。

Printed in Japan
ISBN978-4-7997-6012-3